WEI YUEDU

微阅读
1+1工程

1+1 GONGCHENG 第五辑

婚姻有效期

徐均生

百花洲文艺出版社
BAIHUAZHOU LITERATURE AND ART PRESS

图书在版编目（CIP）数据

婚姻有效期 / 徐均生著．—南昌：百花洲文艺出版社，2014.9

（微阅读 1+1 工程）

ISBN 978-7-5500-1072-7

Ⅰ.①婚… Ⅱ.①徐… Ⅲ.①小小说—小说集—中国—当代 Ⅳ.①I247.8

中国版本图书馆 CIP 数据核字（2014）第 200918 号

婚姻有效期

徐均生　著

出 版 人：姚雪雪
组稿编辑：陈永林
责任编辑：赵　霞　王丰林
出　　版：百花洲文艺出版社
发行单位：全国新华书店
印　　刷：北京一鑫印务有限责任公司
开　　本：787mm×1092mm　1/16
印　　张：12
版　　次：2015 年 3 月第 1 版
印　　次：2015 年 3 月第 1 次印刷
字　　数：128 千字
书　　号：ISBN 978-7-5500-1072-7
定　　价：20.00 元

赣版权登字：05-2015-10

邮购联系：0791-86895108
网址：http://www.bhzwy.com

前　言

以“极短的篇幅包容极大的思想”，才能够以小胜大，经过读者的阅读，碰撞出思想的火花，震撼人的心灵。正因为这样，微型小说成为一种充满了幽默智慧、充满了空灵巧妙的独特文体。

如果说在二十一世纪的头一个十年，是互联网大大改变了我们的生活，那么在我们正在经历的第二个十年里，手机将更为巨大地改变我们的生活。如今，以智能手机为平台，正在构成一个巨大的阅读平台。一种新的阅读方式正不知不觉地走进大众的生活。一个新的名词就此产生，它便是“微阅读”。微阅读，是一种借短消息、网络和短文体生存的阅读方式。微阅读是阅读领域的快餐，口袋书、手机报、微博，都代表微阅读。等车时，习惯拿出手机看新闻；走路时，喜欢戴上耳机“听”小说；陪人逛街，看电子书打发等待的时间。如果有这些行为，那说明你已在不知不觉中成为“微阅读”的忠实执行者了。让我们对微型小说前景充满信心和期待的是，微型小说在微阅读的浪潮中担当着极为重要的“源头活水”。

肩负着繁荣中国微型小说创作、促进这一文体进一步健康发展的责任和使命，微型小说选刊杂志社推出了“微阅读1+1工程”系列丛书。这套书由一百个当代中国微型小说作家的个人自选集组成，是微型小说选刊杂志社的一项以“打造文体，推出作家，奉献精品”为目的的微型小说重点工程。相信这套书的出版，对于促进微型小说文体的进一步推广和传播，对于激励微型小说作家的创作热情，对于微型小说这一文体与新媒体的进一步结合，将有着极为重要的作用和意义。

编者

2014年9月

目　录

上帝造人新说

上帝忽然感到很孤独寂寞，便决定造人。上帝最先构思造的人是这样的：人应该跟上帝一样，有一样的智慧，有一样的能力，当然还有一样的长生不老，总之，有一样的超自然的能力与智慧。这样，人才能跟上帝聊聊天儿，谈天说地，说古道今。上帝经过这样的反复考虑之后，人就这样被模拟造出来了。

人一被模拟造出来后，跟上帝说的第一句话是：“哈哈，你是谁呢？难道你是另一个我吗？”你看你看，这话说得让上帝多尴尬。上帝又不能对人说：“你是我造出来的。”上帝只好笑笑，什么话也没有说。

这下子反而把人的话匣子打开了，“你想过没有，这世界这宇宙啊，就让我们俩好好来管理吧。对了，你好像不太喜欢说话，不太喜欢出头露面，那这样吧，什么事情都让我来做好了，反正我有的是力气，有的是能力，你说是不是？”

上帝暗暗叫苦，这人要跟自己平起平坐了，还要共同管理这个宇宙这个世界，特别是这人万一在某一方面超过了自己，那就麻烦了，没有谁可以控制他了。上帝想到这里，只好把造人的构思重新进行设计：超自然的能力，这人是不能获得的。没有了超自然的能力，这人肯定不能与我争霸天下。于是，第二次人的模型就这样造出来了。

人的模型一造出来，人就拍拍上帝的肩头说：“我知道你很孤独很寂寞，这天下是属于你和我的，既然如此，那么你的孤独就是我的孤独，你的寂寞当然就是我的寂寞了。这样好不好，你就天天跟着我吧，我会做很多事情的，我很会享乐，还会破坏世界，你看着我做这做那，就不会孤独寂寞了，你说是不是？”

上帝看着眼前的人，忽然在想：这人怎么一造出来，就会说这种不知天高地厚的话，而且有这么强的权力欲，仿佛是一种生来具有的本性使然。如果再让人长生不老，永远跟这样的人相处，还让他来管理这个世界，那我肯定是忍受不了的，也太不可思议了。上帝只好否决了第二次的造人构思。

第三次的造人构思又渐渐地露出了水面：人应该是有智慧的，应该有能力的，这能力与智慧也应该是相当的，人的寿命应该是有限的，让其在有限的生命里做他想做的事。这样的话，人的生命结束后应该有新生命来延续。这也算是另一种的长生不老吧。那么，新的生命如何来延续呢？这让上帝很为难。上帝本来是打算只造一个人的，造人的目的也只是为了排除一下自己的孤独与寂寞。看来只造一个人是行不通的。主要是这人如果厉害过头的话，就不会把上帝放在眼里了。

基于这样的考虑，上帝终于痛下决心，决定造两个人，让这两个人的生命行将结束时，能有新的生命诞生。于是，上帝就造了一个男人和一个女人。男人跪拜在上帝的面前，感激涕零地说："我的上帝啊，我的生命是您给的，我的一切都是属于您的，从今往后，哪怕是上刀山下火海，只要您一句话，我就万死不辞！"

这真是太让上帝感动了，泪水都流出来了。上帝微微地笑了笑，让男人站在一边。这时候，女人也跪拜在上帝的脚下。女人情真意切地对上帝说："我的上帝啊，您是我永远的爱人，从今往后，我只属于您——是您终身的奴仆。"这女人多美丽多可爱多漂亮啊，有这样的奴仆陪在身边，还会孤独寂寞吗？

男人和女人对上帝非常尊敬，处处看上帝的眼色行事，事事按上帝的指示精神办。他们所做的任何事，都让上帝很满意很称心。于是，上帝很开心地把模拟造好的男人和女人激活了。激活后的男人和女人，无论是感动还是伤心难过时，都会说声"哎呀，我的上帝"。这话让上帝听了非常受用。但也让上帝万万没想到的是，男人和女人一接触后，竟然一年造一个人，而且人一造起来就没完没了，这人造人，上帝事先没想到过，故也没法控制。没过多少时间，这宇宙这世界上全是男人女人了，反而没有了上帝落脚的地方。

上帝对此很不高兴，也很后悔不该造出男人和女人。不过，也有让上帝感到欣慰的事，上帝没有给人以超自然的能力与智慧。所以，人一出生，就得像牛马一样拼命学习和工作，来获得智慧与能力。想到这里，上帝嘿嘿笑笑，又感叹一声："哎呀，我的上帝，您真伟大啊……"

替罪羊

人类选出甲乙丙三个代表去责问上帝。那时候上帝正忙着给动物作报告，代表们对上帝的秘书说："你，对，你现在就去转告上帝，如果他不马上来见我们，那么所造成的一切后果都将由他承担。"秘书吓得屁滚尿流去向上帝汇报了。没过多少时间，上帝在秘书的陪同下急匆匆地来见人类的代表。

甲代表首先发问："上帝，你在创造人的时候，是不是有私心？"上帝有些不解："你为什么这样问？"甲代表非常严肃地说："如果在创造人的时候没有私心的话，那么你所创造出来的人怎么会有私心呢？"上帝解释说："这个不是这样来理解的，应该是那样来说的。"甲代表严厉地喝道："请你严肃点，不要用这种模棱两可的话，'是'就是'是'，'不是'就是'不是'！听清楚没有？"上帝点头称是，说："我创造人的时候，确实有私心，当时我在想：如果我所创造出来的人有私心，那作为创造者的我就可以永远控制他了。"甲代表冷冷地问："难道只是这么一点私心吗？"上帝当即发誓道："天地良心，绝对不敢骗你的！"

甲代表的表情非常严肃，"正因为你的一点私心，害惨了整个人类，这个责任理应由你来承担。"上帝连忙辩解："这个怎么能让我承担呢？"甲代表说："你创造出来的产品发生了问题，难道要让产品自己负责吗？"上帝瞠目结舌，"这个，这个……"甲代表问："这个责任你准备如何承担？"上帝用纸巾擦了擦额头上的汗珠，回答："我将向天下宣布，人类的一切私心都由我负全责。"甲代表满意地说："我等着你的实际行动！"

乙代表接过话头问："从现在的情况分析，你创造人类的时候，是不是很懒惰不愿意精工细作？"上帝悄悄地回答："好像有一点。"乙代表眼睛盯着上帝忽然严厉地喝道："快说实话！"上帝说："当时我累了，不想动了，心里在想：这创造人真累，如果能休息一下多好啊！这想法一出来，我的眼睛就闭上了，真的睡着了。当睁开眼睛时，我发现创造的人跟我一样睡着了。我知道这懒惰的行为已经创造到人的基因里去了。”

乙代表冷冷地问：“这么说这完全是你不小心造成的?”上帝回答：“是的，真的不小心。”乙代表问：“难道没有你主观上的因素?”上帝连忙说：“没有。”乙代表追问：“难道真的没有吗?”上帝不敢看乙代表的眼睛，低下了头回答：“有，是我主观上造成的，是我想偷懒一下，我当时在想：这人又不是我自己，我干吗要创造得如此完美呢，就是这个念头，让创造的人有了懒惰的基因。”乙代表悄声地问：“你知道应该负什么责了吧?”上帝忙表示：“我告示天下，人类的懒惰都是由我造成的，全部责任由我来承担，决不影响人类的声誉!”

轮到丙代表责问上帝了，“你现在是不是缺钱花?”上帝回答：“不缺。”丙代表问：“真的不缺吗?”上帝回答：“真的不缺。”丙代表说：“那我问你，刚才，就是刚才，你给动物们作报告，是不是要收报告费?”上帝面有难色解释说：“这个是劳动报酬嘛。”丙代表问：“请问你需要这份报酬付生活费吗?”上帝回答：“不需要。”丙代表问：“既然不需要付生活费，你给动物作报告为什么要收报酬?”上帝想了想回答：“这个问题是这样的，如果我不收报酬，动物们会看不起我，认为我没有什么水平，一旦要收很多的报酬，他们就会敬重我，就会对我顶礼膜拜。”丙代表冷笑一声，说：“我明白了，原来人类‘贪婪’的根源就在你身上！当你这个创造者有这种贪婪思想，有形无形都会反映到你所创造的人类身上。一直以来，我以为贪婪是人的本性，原来，这是你上帝的本性，而你的本性，却要让人类来承担责任。你说，这个恶名你要不要承担呢?”上帝只好真心诚意表示：“我承担我承担，这个恶名由我承担。”

人类的甲乙丙三个代表得到了上帝的口头承责后，便心满意足地回去了。上帝的秘书问上帝：“人类很不自重自爱，贪得无厌，毁了家园，毁了自己，怎么能让您承担责任呢?”上帝耸耸肩很无奈地回答：“谁要我是人类的创造者呢?”

上帝的困惑

面对不断恶化的环境以及殃及全球的金融危机，还有国与国之间的武力摩擦，上帝感到很困惑：“我千辛万苦创造出来的人类，让他们在这么美丽的地球上生存，现在他们怎么变成这个样子了？难道是我造错人了，还是人类根本不适合在地球上生存？”上帝考虑了好长时间，决定找几个人类聊聊天，希望能化解心中的困惑。

上帝跟第一个聊天的是个美国人，叫杰克。杰克是个金融专家，在金融部门工作。上帝开门见山地问：“你具体做什么工作？”杰克回答：“出谋划策。”上帝问：“出什么谋划什么策？”杰克回答：“出一个让全世界的人都喜欢购买金融产品的计谋，划一个让有钱的没钱的都心甘情愿掏空钱包的策略。”上帝问：“成功了吗？”杰克摊开双手回答：“非常成功。”上帝好奇地道：“能具体说说吗？”杰克介绍说：“首先让你相信我的产品，无论这产品是怎么样的，都有很大的潜在价值。其次，给你尝甜头，让你觉得如果以后不再尝它了，就会痛苦难受，就会受尽折磨。这甜头像吸毒一样，只要你一尝，就永远也挣脱不了了。”

上帝还是有些不明白，问：“既然像毒品一样，难道人类不反对，不禁止它？”杰克举起一只手指摇了摇，嘴里连声说：“不不不，这跟毒品又是完全不同的，毒品在法律上是禁止的，但是我们设计的产品，是受法律保护的，而且深受大家喜爱。当然，它的本质是像毒品一样的，但它不是毒品，仅仅是像毒品一样。这一点您懂了吧。”上帝想了想点点头，道：“我明白了。”

上帝跟第二个聊天的是个中国人，叫郑重。郑重是一位副处长，在机关单位上班，工作很清闲。上帝问郑重：“你快乐吗？”郑重回答：“快乐是什么东西？”上帝笑笑又问：“你幸福吗？”郑重回答：“幸福又是什么东西？”上帝又是笑笑再问：“你活着吗？”郑重回答：“好像，好像是吧。”上帝眼睛盯着郑重忽然声音提高了八度，大声地问：“你快乐吗?”郑重连忙回答：“快乐!”上帝又认真地问：“你幸福吗?”郑重回答：“幸福!”上帝严肃地问：“你活着吗?”郑重回答：“活着。”

上帝笑了，哈哈大笑，笑过后问：“你在想什么?”郑重回答：“在想处长的职位什么时候能空出来。”上帝再问：“还有吗?”郑重回答：“有，凭什么张副处长的排名在我的前面?”上帝问：“还有没有?”郑重回答：“当然有！凭什么张副处长的老婆比我老婆年轻漂亮？凭什么他的儿子读书比我儿子好？凭什么呀？哼!”

上帝好像明白了一些东西，正想告别时，忽然又想到了什么，问：“你具体做什么工作?”郑重回答：“我做环保工作。”上帝问：“那你上班做什么?”郑重回答：“上上网，聊聊天，玩玩游戏，听听电话吧。”上帝又问：“那你下班做什么?”郑重回答：“吃吃饭，喝喝酒，跳跳舞，泡泡妞吧。”上帝的脸阴了，不再问什么，心想：这环境污染也在情理之中了。

上帝跟第三个聊天的是个年轻人。这个年轻人可能是中国的，也可能是印度的，也有可能是非洲国家的，或者是中东一些国家的，但绝对不是像美国一样富裕国家的人。总之，上帝对年轻人说明来意后，年轻人把上帝带到一个非常富裕、环境又非常美丽的地方。年轻人问上帝：“这里干净漂亮吗?”上帝回答：“真干净真漂亮!”年轻人又问：“这里的人幸福安逸吗?”上帝回答：“真幸福真安逸!”年轻人又问：“这天蓝吗？这水绿吗?”上帝回答：“这天真蓝，这水真绿!”

年轻人又把上帝带到一个又脏又乱的地方，问：“这里干净漂亮吗?”上帝捂着鼻子回答：“不干净不漂亮。”年轻人又问：“这里的人幸福安逸吗?”上帝回答：“没有一点幸福与安逸。”年轻人又问：“这里的天蓝吗?这里的水绿吗?”上帝如实地回答：“这天是灰蒙蒙的，这水又臭又黑。”

年轻人问上帝：“在同一天空下，你知道这是为什么吗?”上帝耸耸肩回答：“我好像明白又好像不明白。”年轻人说：“你会彻底明白的，但不是做上帝的时候，而是像我一样做一名替富人打工者的时候。”上帝不解地问：“难道只能这样吗?”年轻人断然回答：“是的，只能这样。”

上帝看着离去的年轻人，心里还是很困惑：“难道这就是我创造的人类吗?”回答他的是从天空中飘落下来一片树叶，树叶的一面很绿，绿得像墨；一面很黑，黑得像墨。

机　会

李永和的情绪很低落，睡前叹息道："我的上帝，我的命运怎么会这么不好啊，你想想看，我的工作很不理想，年过三十了连女朋友都没有，更可怜的是银行里没一点存款。嗨，你说你说，我以后的日子怎么过才好啊！"

李永和是怀着这样的心态进入梦乡的，在梦里见到了一位白发苍苍的老人。老人很和善，很慈祥。李永和问："您是谁？"老人回答："我是上帝。"李永和惊喜道："您真的是上帝吗？"老人笑了笑回答："是的。"李永和跪拜在上帝的面前，请求道："上帝啊，您就帮帮我吧，让我也过快乐幸福的日子。"上帝让李永和起来后说："你的情况我知道，这样吧，明天天亮时你到湖边，在第三张椅子下面有一只密码箱，箱子里面的钱够你生活娶媳妇了。"李永和大喜，连忙叩头感谢上帝。

梦醒后，李永和越想越觉得好奇，天还没大亮就来到湖边，找到了第三张椅子，在椅子下面果然有一只密码箱，箱子里面果然全是钱。就在李永和激动万分时，他忽然听到有人喊"救命"，只见一位穿得很少的女子被三个男人追赶着，那女子在没有退路的情况下"扑通"跳湖了，三个男人却快速地离开了。李永和顾不得许多，连忙冲过去跳进湖里救人。

被救的是一位年轻漂亮的女子，只穿着内衣内裤，李永和就把自己身上的衣服脱下来给女子穿上。女子很感激，尽管说话时女子在发抖，但李永和听清楚事情的原委了。原来女子下火车后在停车场误上一辆面包车，车上的三个男人对她动手动脚，撕去了她的衣服，女子拼命挣扎，跳了车，逃到湖边，见三个男子围堵上来无处可逃了，只好跳湖。李永和恨恨地骂道："这些狗娘养的畜生！"

李永和问明女子要去的地方，就打的送她到了目的地。女子很感激，一定要让李永和留下电话，李永和执意不留。李永和在回来的路上想起了那箱子钱，返回去时却什么都没有了。

当天夜里，上帝又走进了李永和的梦里。李永和感慨道："如果不救那个女子，那一箱子的钱够我花一辈子了。"上帝说："我知道你救了人，做了好事，这样吧，明天天亮后，你还是去湖边，还是那个地方，你会看到一位摔倒在地的晨练老人。你赶紧过去扶他起来，送他去医院。那老人的儿子是集团公司董事长，他会给你很好的工作，估计你能做到总经理的职位。"

李永和太高兴了，太激动了。梦醒后，李永和怎么也睡不着了，天还没大亮，就出门了，可刚走到大马路口，他亲眼看到了一场车祸——一位老太太从弄堂里出来时，被快速行驶的汽车给刮倒了，汽车扬长而去。

李永和跑上前去，蹲在老太太的身边。老太太身上全是血，在痛苦地挣扎喊痛。李永和连忙拨打120和110，还不时地安慰老太太："老人家，您会没事的，会好的，救护车很快会来的，您放心吧……"没过多少时间，救护车到了，警察到了。李永和把老太太送上车后，接受警察的询问。

接受完询问，李永和才想起了去湖边的事，连忙跑过去，湖边全是人，有老人，有妇女，有小孩，根本没有摔倒在地的老人。李永和又失去了一次难得的机会，心里不免有点惋惜，也有点心痛。

李永和在梦里问上帝："您给了我两次机会，我都没把握住，您说这是不是我的命？"上帝回答："是的，这真的是你的命，不过，你还有第三次机会。"李永和说："我也很想要这第三次机会，但是，请您不要再给我了。"上帝感到很意外："为什么？"李永和说："中国人讲究一而再，再而三，万一第三次机会又失去了，那今后什么机会都不会有了。"上帝很感动："好，好样的！"

李永和梦醒后，天已经大亮，便去湖边锻炼身体，却意外地遇到了那天早上被救的女子。这女人是特意来找李永和的，说要好好感谢他。后来，这女子成了李永和的妻子，让李永和幸福得快乐无比。更让李永和没想到的是，那个被车刮倒的老太太伤愈出院后，在儿子的陪同下也找到了他，还请他到她儿子的公司上班，她儿子是公司董事长。

有一天晚上，李永和在梦里问上帝："这些都是您重新给我安排的吧？"上帝笑笑说："不是的。"李永和追问："难道真的不是吗？"上帝非常认真地回答："是的。"从那以后，李永和在梦里再也没见过上帝了。

模拟外星人入侵

李永远走进外星人入侵地球模拟中心，美女服务员请李永远坐在一台仪器前面。这台仪器就是模拟外星人入侵地球的，如果李永远能在模拟中成功阻挡外星人，他将获得一百万元的奖金，军方还很有可能根据他的模拟回答，构建一套防御外星人的办法。李永远是星球研究所的高级工程师。

仪器提示："李先生，您好！您现在是人类抵御外星人入侵的总指挥。现在模拟正式开始，外星人已经进入地球，您将采取何种措施?"

李永远回答："全面了解外星人的情况，先礼后兵。有朋自远方来，不亦乐乎?"

仪器提问："外星人已经杀人了，无人可挡。您怎么办?"

李永远回答："人类全部进入地下城堡，将外星人挡在地面上。"

仪器提问："外星人知道人类修建了地下城堡，决定采取污染空气的办法，让城堡里没有新鲜空气，甚至释放有毒气体。"

李永远回答："修建的地下城堡是完全与地面隔绝的，城堡里安装空气制造机器。这种用机器制造出来的空气，跟地面上呼吸到的空气是一样新鲜的。"

仪器提问："外星人准备对地下水放毒，让人类在地下渴死，没法生存。"

李永远回答："地下城堡的供水系统是密封的，是循环的，所有的水都要经过消毒过滤，就算外星人放毒，如果这毒水渗透进来也完全能够彻底干净地过滤掉。"

仪器提问："外星人化作人类，准备进入地下城堡生活，让您放他进去。"

李永远回答："地下城堡入口有十道门把守，全是自动的。只要人类按下他的手印，就可以进入第一道门。问题是，就算外星人能仿造人类的手印，进了第一门，但第二道、第三道、第四道，都需要人类本人的有效身份证明，比如血液，比如基因，这些基因特征每一个人都是不同的，无法仿造。”

仪器提问：“您的地下城堡能容纳地球上的所有人类吗？”

李永远回答：“能，完全能够！地下城堡就是一座座城市，根据地面上的城市结构进行修建的。人类完全可以在地下生活。”

仪器提问：“人类的生存需要粮食，粮食没有了阳光是无法生产的。”

李永远回答：“科学技术的发展，为我们提供了生产多种多样粮食的可能性。地下城堡里完全可以通过人造小太阳，来获得阳光。”

仪器提问：“李先生，您是说只要搬进地下城堡就完全有可能抵御外星人侵了。问题是，外星人已经入侵地球，您刚才的抵御方法仅仅是从保护人类的生命安全出发的。可地面上被外星人占领了，您的方法是不是太被动了？”

李永远回答：“是的，我刚才所讲的是保护人类生存的一种办法，但我认为只有先保护好人类的生命安全才有可能谈如何去赶走或消灭外星人。”

仪器提问：“李先生，您有什么好办法呢？”

李永远回答：“我在想，外星人之所以能入侵到地球上来，这说明外星人的科学技术是非常先进了。我们人类肯定是无法相比的。那我们应该跟外星人比什么呢？我想应该比谁的点子多。”

仪器问：“点子？什么点子？请解释一下行吗？”

李永远回答：“这个点子就是去找出外星人的弱点。无论哪一个物种，都有其不可替代的优点，同样，也存在着独特的弱点。而这个弱点，就是我们人类进攻外星人的胜利保证。”

仪器问：“李先生，您认为外星人有什么样的弱点可以供您击破呢？”

李永远回答：“比如，他们会不会对某种病毒敏感，会不会对某种食物过敏，比如，对水，对空气，对环境什么的，总之，找出外星人的弱点，我们肯定能战胜他们！”

仪器说：“李先生，非常感谢您的回答，我们将请专家学者对您如何抵御外星人入侵的办法进行评估，然后得出是否获奖，请您稍等片刻。”

三分钟以后，仪器里传来热烈的掌声，然后一个声音传出来：“李先生，恭喜您获得一百万元的奖金，请服务员把奖金给李先生。”

李永远很兴奋，很开心，当场从服务员手中领到了一百万元的奖金。

仪器问：“李先生，我再提一个额外的问题，行吗？”

李永远回答：“行，当然行！”

仪器提问：“李先生，如果我再给您一份额外的一百万酬金，能随意问您或要求您回答问题吗？”

李永远回答：“可以啊！”

仪器问：“您能给我提供您的基因图吗？”

李永远回答：“当然能啊，这又不是什么秘密，您想要看随时可以登录‘地球人类基因库’，我的账号和密码就是我姓名的拼音全称。”

仪器说：“非常感谢李先生，我们将根据您提供的建议，及时修正对人类的进攻。对了，差点忘了告诉您，我就是外星人！”

李永远大惊：“你怎么是……”

仪器又说：“我们外星人倒是从您的回答中找到了人类真正的弱点。”

李永远恨恨地问：“什么弱点？”

仪器回答：“贪钱，为了钱可以出卖一切！李先生您说是不是？”

重新做人

外星人把我从床上架起来，拖到屋外，塞进关家禽家畜的笼子里。笼子太矮，不能直腰，只能坐着或蹲着，或者干脆跟狗一样四脚落地。

“喂，先生，请您过来。”我手指着离我最近的外星人说。外星人没有理我。我大声地说：“我必须向你申明，我不是动物，不能关在笼子里，我是主宰动物世界的高级灵长，我有头脑，有知识，有文化，对，我写过好几本书，有好多优秀的文章，有的收录进了大中小学课本，有的还拍成电影电视剧，供大家欣赏。你难道没有看到过吗？”

外星人连看都不看我一眼，倒是身边的狗说话了，“你省省力吧，在他们眼里，你跟我是一样的。你说话跟我的叫声一样。”

我非常气愤，指着狗鼻子喝道：“你……你怎么能跟我相提并论？你是动物，我是人，你懂吗？”

狗对我“哼”的一声，摇了摇尾巴，不理我了。让我没有想到的是，羊也数落我：“你太把自己当人看了，你想想看，这么多年来，你总是高高在上，对待我们可以说是想杀就杀，想活剥皮就活剥皮，我们苦不堪言，有冤无处申，有泪无处流啊！”

我忽然想到了什么，惊叫起来：“哇，你们怎么跟我说一样的话？”

鸡走到我的跟前说：“你本来就是跟我们说一样的话嘛。”

我瞠目结舌，跟我关在一起的有狗、羊、鸡，还有猪，可它们都是我饲养的家禽家畜啊！

“可是……可是，你们说的都是人的语言啊。”人从小学说话，要经过好多年时间，还要大人每天教导，可是，这些动物……

猪伸出它的前蹄，要跟我握手，我连忙接住了，说：“老猪，人类每天都在赞美你，说你老实，说你有小资情调，还说你是人类最好的伙伴，我相信你会说真话给我听，是不是？”

猪不屑一顾地说："那是你们想吃我的肉，才说这么多好听的话。"

我非常不满猪这样说话。"老猪，那你说，你们怎么会说人话的？"猪不回答。

我毕竟是人类啊，怎么可能跟猪狗一样呢？我伤心欲绝。

直到傍晚时分，过来一个外星人，他朝我看了一眼，然后说："狗、猪、羊、鸡，你们想出来玩就出来吧，但不要走远。"

狗、猪、羊、鸡就迫不及待地窜出笼子，快活地玩去了。

我委屈地请求道："先生，我也要出来，我跟它们是不一样的。"

外星人没有理我，"砰"的一声，笼子的门被关上了。

过了好久，狗叼来一块骨头，从笼子的缝隙里塞进来，说："你饿了吧？快吃。"

我怒不可遏，气急败坏地喝道："你……你……你把我当成什么了？"

狗有些害怕地往后退了几步，然后对我说："我只把你当成人。"

我气得浑身发抖：狗竟然对我说这样的话！

还是猪讲朋友义气，从地里挖出一块红薯，叼着来到我的面前，说："你以前对我也不错，尽管我知道你对我好是为了吃我的肉，但是，我不能眼睁睁地看着你饿死。就这么一块红薯，你快吃吧。"

我感激涕零，哽咽着对猪说："谢谢！谢谢你，老猪！"

我狼吞虎咽，连皮带泥把这块红薯吞进了肚子里。

到了这时候，我才不得不正视自己的处境。今天还没有跟外界联系过，好在手机还在裤袋里，我连忙掏出来拨打，可一点声音都没有。连续拨了十多次，都是如此。

我非常沮丧，非常困惑：地球到底怎么了？难道被外星人占领了？外星人对动物很友好，对人类却是如此残忍！这是为什么？我打开手机的信箱，有一条也是唯一的短信，是移居到空间站的朋友发来的——地球被人类破坏了，外星人要对所有生物进行原始化处理，直到地球恢复到原始状态。人将和动物一样，回归到原始进化时期……

那一天，是公元 2607 年 11 月 30 日。

我知道，我这样的人，又要重新开始学习做人了。

水之墙

公元3020年，龙城考古重大发现：龙城湖三百米深水处，有一道围墙，高五米，宽半米，长三千六百米。围墙的一面还画着很多山水花鸟、民间故事，另一面却什么都没有。山水都是龙城的山、龙城的水，民间故事当然是有关龙城的。

这道水之墙的两边都是废墟，都是砖瓦碎片。一边是砖瓦要好些、精致些，一边却没有一块完整的。对了，这些山水花鸟、民间故事画都是画在砖瓦要好些、精致些这边的。

我作为一个业余考古狂热爱好者，当然对这个重大发现抱以特别的热情。我特意去了现场。在一位老人的陪同下，我来到了龙城湖。龙城湖面一平如镜，没有任何鸟儿，没有任何绿色。湖边的山上寸草不生。

老人很感慨地对我说：“一千年，整整一千年了！”老人告诉我了一个传说，那是一千年前，也就是公元2020年，龙城突然发生了地震，城里大多建筑都倒塌了。但这堵围墙依然挺立在那里。过了几年，龙城一夜之间突然被水吞没了。

这就是说，我们现在居住的龙城是后来新建的。

老人还告诉我，湖里没有鱼，没有虾，更没有水鸟。

这是一个死湖！

我回来后便在网络上查找有关龙城的所有信息，由于龙城湖水之墙的考古发现，电视网络报纸上都是有关水之墙的报道。在所有的报道中有三个问题值得深思：一是这堵围墙为何在地震中没倒塌？二是在水里经受了千年浸泡又为何不倒？三是这围墙是用什么材料砌成的？当然，让我更感兴趣的是：一千年前为什么要砌这堵围墙？这是我更想要弄明白的。

我知道要弄清楚这个问题，就应该了解一千年前龙城的生活状况，以及那时的文化背景。从相关的资料上看，一千年前的龙城进入了小康生活，大多数居民生活得还是比较富裕的，那时候高楼大厦也不少了，特别是家庭汽车很多。物质生活应该是比较丰富的。

就在我还没理出一个头绪时，龙城的考古界汇集国内外考古专家，考证出了水之墙的成因之谜，初步归纳为三个：

第一个谜：外星人说。这堵水之墙是一千年前龙城被水淹没前，外星人光临龙城时留下的纪念品。这可以在围墙的材料上可以得到证明。这种材料非常特别，一千年前龙城根本没有这种类似的建筑材料。

第二个谜：传世说。一千年前的龙城为了给子孙万代留下一个记忆，便砌了这堵永远的墙。这可以从墙面上的山水花鸟和民间故事得到印证。

第三个谜：景观说。一千年前的龙城人喜欢看风景，喜欢把美好的事物流芳百世。于是，请著名画家作家们创作了这幅前无古人的长卷。

我不太赞同这三个成因之谜说。我相信它还应该有特别的内涵。到底是怎样的特别内涵，我一时也想不清楚。但是，我可以肯定，砌这堵墙时应该是在特别情况下实现的。当然，或许这个特别的原因，现在看来已经微不足道了，但是在那年代肯定是非常非常重要的。

为了寻找这个答案，我去古书堆里追寻。我知道，很多重大的发现，肯定或多或少在文字里会有所记录的。当然，这些记录出现在哪一部书哪一篇文章里，就难说了，有可能在一篇漫不经心的小说里，也有可能在一首情意绵绵的诗文里。

经过整整两年的搜寻与阅读，我终于看到了有关“墙”的小说。这些小说的作者是同一个人，名叫徐寅。他写了一系列有关“墙”的小说。比如在《补墙洞》《拆墙洞》《敲墙洞》等小说里，比较全面地描述了龙城为了迎接卫生城市大检查，特意砌了一堵高墙，把富人区与贫民区分隔开来，特别是在《敲墙洞》这篇小说里，它所描述的跟现在发现的这堵水之墙是一样的，都是这样写道：围墙上画着很多山水花鸟、民间故事。山水都是龙城的山、龙城的水，民间故事当然是有关龙城的。

但是，当我再去查找龙城官方档案时，却发现一个事实：在一千年之前，龙城从来没有砌过这堵围墙。

这就怪了，真的是奇怪了，难道这堵围墙是小说家徐寅虚构的一堵墙？那么，一堵虚构的墙怎么可能会成为一堵真实的墙呢？还有泡在水里竟然千年不倒？

我至今仍不得其解。

拯救人类

他说他是智者，他很认真严肃地说：“你听好了，我是来拯救你们的。”

“真好笑，我们还值得你这老头子来拯救，你省省心吧，照顾好你自己，不给我们添乱子，就是万幸了。”

“现在的人类啊把自己给谋杀了。”他又说话了。不过，这话听起来倒有点新鲜感。

“你想想看，人类的进化，首先应该是思想的进化，美的进化，文明的进化，道德的进化。而现在恰恰相反，思想越来越陈旧，品行越来越自私。”

我对他有了兴趣，我在听他继续往下说。

“你可能会不屑一顾，你会说，现在的人多聪明，高科技的产品多了不起啊！你还会说电脑互联网电话，还有汽车飞机什么的。但是，你要明白，这些东西的出现，并没有带给人类心灵上的美好，反而是更加自私自利。你看看，现在大街小巷里全是汽车，有了汽车看似进步了，但被汽车撞死的人有多少？告诉你吧，我可以预言，十年后将有近一半的人死于车祸。”

我打断了他的话，我说：“那好吧，我们现在模拟一下没有汽车的日子。”

我让他坐在电脑前，启动了人类模拟系统，删除“汽车”后，大街上没有了汽车，家里没有了汽车，大家都靠徒步前行。

他说：“看到了吧，这样的生活多好。”

我看到了，大街上真安静，真干净，空气真好，太阳都笑眯眯了。

就在这时，电脑系统突然“嘟、嘟”地报警，屏幕立即出现一行字：全球将有 100000 名孕妇要生产，等待救护车去接送。

“请问智者，你说该怎么办？”

“如果没有汽车会怎么办？”

我立即输入“如果没有汽车会怎么办”这句话，电脑很快计算出了结果：将会有 39999 名孕妇在去医院的路上和她们的宝宝一起失去生命。

他惊愕万分，眼睛睁得大大的：“怎么会这样呢？”

我没回答他，而是很平静地问：“你还有什么要问？”

听我一问，他又来精神了，他说：“现在地球上没有一处江河湖泊是干净的，你看看，你看看，都是化学品惹的祸。如果没有了化学品，肯定会好得多。”

这话我承认，真的，如果世上没有了化学品，这个世界肯定要美丽许多。

我轻轻地移动标鼠，打开人类模拟系统，删除了“化学品”，新的页面出现：地球上所有的山是青的，所有的水是绿的，所有的空气都是清新的，所有的泥土散发出阵阵芳香。

他露出了笑容，没说话，只是看了我一眼。我当然知道，他看我一眼的意思——那是一种自鸣得意、自命不凡、自视甚高的目光。

不过，电脑报警系统却“铃、铃、铃”地铃声大作，响得电脑都在颤抖了。我关掉了报警器，点开了“化学品”，页面更新后，出现了一句话：现在有近 10 亿人在等待吃药打针。

他问：“这跟吃药打针有什么关系？”

我回答：“这些药和针全都是化学品做的。”

他试探着问：“如果不吃这些化学药会怎么样？”

我在电脑里输入“如果不吃这些化学药会怎么样”后，结果马上出现了：两亿人将在三天内病死，三亿人将活活痛死，五亿人将半死不活。

我问他：“你说要删除化学品吗？”

他无奈地摇了摇头，我退出了人类模拟系统。

显然，他很不服气，说：“人类头脑里的思想是不是应该更新？”

我说："好啊，你说该怎么更新?"

他回答："最起码也应该删除自私吧。"

我按照他的话，再次打开人类模拟系统，删除了"自私"。然后，我跟他一起观察被删除"自私"以后的人类——人类都在大街上、在田间地头晒太阳，没人去做工了，没人去种田了，没人去学习了，也没人去竞选市长总统了。三个月后，人类死亡一半；半年后，人类死亡百分之九十；一年后，地球上没有人类了。

他目瞪口呆，问："难道现在的人类只能这样自私地活着吗?"

我很无奈很麻木地说："是的!"

"现在的人类真可怜!"他泄气地丢下这句话就隐身不见了。

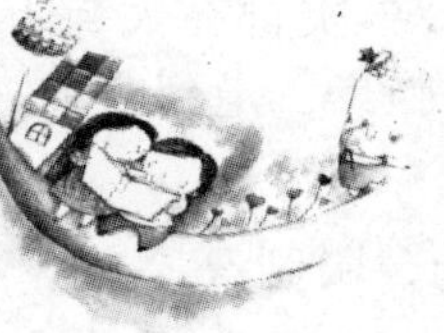

改造地球人的欲望

我交外星人爱伦做女朋友。忽然有一天，爱伦对我非常认真严肃地说：“我要改造你们地球人。”我呵呵一笑，说：“你改造得了吗?”爱伦非常平静地看着我说：“你等着。”我随口回答：“等就等，谁怕谁啊!”

爱伦告诉我，她来到地球半年了，最不能容忍的是地球人的贪欲。她忧国忧民地说：“我就要改造你们地球人的欲望，让地球人变得更美好。”爱伦解释说，这是她的使命，她来到地球就是要跟地球人恋爱结婚，从中改造地球人。

听了爱伦的这段话，我很感动，觉得爱伦太伟大了。我深情地拥住爱伦，说：“谢谢你!”便低头在她的额头轻轻地一吻。爱伦双手围住我的脖子，在我的耳边悄悄地说：“我真的好喜欢你呢。”我的心跳得“嘣、嘣”地响，我把爱伦拥抱得更紧了。

爱伦开始改造地球人了。她通过我的电脑接通了A星系——也就是她们的那个星球。她说：“我通过我们星球的无线信号，对地球人的大脑进行改造，也就是说，通过无线信号进入地球人的大脑，删除地球人的欲望。”

我有些担忧地问：“这样做行吗?”爱伦断然回答：“当然行。”爱伦解释说他们星球人的文明与科技程度，比起地球人，一个是天上，一个是地下，没有可比性。

突然，家里的灯全黑了，整幢楼的灯也黑了，窗外的天空也暗下来了，太阳也没有了。但我的电脑还在工作。我有些惊慌：“电没了。”爱伦说：“快了，快了，好!”爱伦的话音刚落，我的头脑就热了一下，然后看眼前的爱伦，却发现她少了一样东西似的。

爱伦说：“改造成功了，从现在开始地球人没有任何欲望了。”我眼睛睁得大大的，问："欲望是什么东西?"爱伦眼睛亮亮的，说："欲望就是地球人以前特有的一种心理。而这种心理每时每刻在左右着地球人的生活，弄得人与人之间相互钩心斗角、尔虞我诈，甚至杀人放火，直至国与国之间发生战争。"

我嘴里"哦"了一声，就站起来离开电脑桌，走到窗前，窗外又是阳光明媚。

爱伦也跟着我来到窗前，她脸孔红红的，眼睛亮亮的，仰起了头，闭了眼睛，我木然地看了她一眼，问："你想干吗?"爱伦睁开了眼睛，脸腾地红了起来。我问她："你的脸怎么红了?"爱伦娇羞道："你好坏啊!"

我丈二和尚摸不着头脑，忙问："我坏什么了?"爱伦还是脸红红的嘟着嘴道："你坏你坏你坏嘛!"我还是听不懂，非常认真严肃地问："我到底坏在什么地方了?你说啊!"

这下子，爱伦脸不红了，也不问我了，转身去做饭。晚饭时，我却一口饭也没吃。

饭后，爱伦和我去散步。刚走到楼下，我见一位老人衣着单薄地坐在路边的椅子上，我忙脱下自己的外套给老人穿上。老人连声说："谢谢，谢谢!"我摆摆手继续往前走。

爱伦对我说："你能脱下衣服给少衣的老人穿，说明你被我成功改造了。"听了她的话，我感到很好奇，问："你改造我什么了?"爱伦便详细地讲了以前的我和现在的我。我似乎明白了。

散步完回到家，刚好是新闻节目时间，播音员说：刚刚收到记者发来的报道，从今天下午开始，居民不做饭了，谁也没有吃饭的欲望。记者问张大妈：请问，你为什么不想吃饭?张大妈回答，我也不知道。记者又问，你觉得饿吗?张大妈回答，不饿……

爱伦告诉我："改造过的地球人，就会适应这种没有欲望的生活。"我问："真的会适应吗?"爱伦说："当然，你跟我，或我跟你，也要重新适应。"我想想确实是这样。

晚上，爱伦想跟我一起睡。我说："我不想跟你睡。"爱伦说："难道你不想吗?"我断然说："真的不想。"爱伦眼睛红红的，问："这怎么可能呢?"我说："我也不知道。"

爱伦只好打开电脑，进入A星系网络，她要查问个清楚。

输入：一天后的地球人。

回复：90%的人不吃饭，80%的夫妻不亲热。

再输入：三天后的地球人。

回复：饿死10%，住院50%，工厂全部停工。

又输入：十天后的地球人。

回复：在不饿的情况下100%全被饿死。

最后输入：为什么会这样？

回复：地球人需要欲望，没了欲望就意味着死亡。

花瓶

老公对我说："你总不能空手去看芳菲吧。"我说："这有什么的，反正大家都是同学嘛。"芳菲是我大学里最要好的同学，毕业后十年没联系了，让我感到意外的是，昨天芳菲打电话来了。

老公说："这样吧，把家里的花瓶送去。"这花瓶是老公的父亲传下来的，应该比较珍贵。老公说："人家都住别墅了，总得送样好东西吧。"芳菲告诉我，明天她搬新家，别墅刚刚装修好。她还说是特意打听到我的电话号码的，也特意请我去玩玩。芳菲还透露，她老公当副县长了。

老公说："你想想看，人家的老公是副县长，你作为以前最要好的同学，更应该送件像样的礼物了。"我真的很心疼送这么珍贵的礼物去。

老公说："这没什么的，对我们来说，这花瓶没有多少价值。"那也是不行的，毕竟这很有可能是我们家最值钱的东西，何况是老公父亲传给他的。这价值更没法用金钱来衡量。

老公从包里取出一张票，说："明天早上七点的车，你得早起，估计下午一点就可以到了。"我接过车票，心里在想芳菲的话：你来吧，什么东西也不要带，只要把你自己这个人带来就行了，这里什么都有。

老公说："你还是应该把花瓶带去，毕竟是我们的心意。"我知道老公的意思，我和老公都是教书育人的，家里除了一些书外，真的没什么值钱之物了。

老公说："我已经擦拭干净了，放在盒子里，绳子也扎结实了，放心提吧。"这个我当然明白，问题是，我在想：芳菲十年没联系我了，现在联系我难道仅仅是为了让我去玩玩吗？

老公说："我知道芳菲让你去玩是想让你眼红眼红，她住别墅了，而我们还在住教育楼。"这话老公说得有些酸了，不过，老公不可能知道，芳菲的老公是我和芳菲的上几级的师哥。这师哥最先暗暗喜欢的是我，芳菲发觉后，特意单独跟师哥喝酒，两人醉得一塌糊涂，然后，芳菲就睡了师哥……好在我对师哥没什么感觉，也无所谓芳菲睡师哥了。

老公说："嗨，我告诉你吧，这芳菲啊曾经给我写过求爱信，被我退回去了。她让你去玩就是想气气你。"老公真是的，这种事还能气我？难道我还会不知道这点小事，早知道啦老公！

老公说："明天我值班，要很早起来。你的假已经请好了，课也排好了，你放心去吧，好好玩几天。对了，早上我不能送你去车站了。"老公的课上得顶呱呱的，全市评讲第二名，是省里的优秀老师。

老公说："对了，回来时顺便去看看儿子，在姥姥家有没有淘气，让他听话一点，否则，我就不给他讲故事了。"真是的，老公竟然这样威胁儿子，如果我是他的儿子，肯定是不怕的。谁怕谁啊，你说是不是？

老公说："我要洗洗睡了，你也早些睡吧，课回来再备。"老公就是这样的人，他自己非常用功备课上课，我吊儿郎当也没关系的，好像我有没有成就跟他没关系。不，今晚一定要把课备好！

备好课，见老公睡得很香，我悄悄地钻进了老公的臂弯里，也很香甜地睡了。

第二天早上醒来时，老公已经去学校了。桌子上有一张条子，上面写着：鸡蛋和面包在锅里，牛奶在冰箱。我很幸福地笑笑，便洗脸吃早饭，然后出门上车，六个小时后到了芳菲居住的城市。

我下车后没给芳菲打电话，而是直接打的去芳菲告诉过我的别墅区。别墅区里停着好几辆警车，闪着红蓝相间的灯光。师哥被两位警察从别墅里带出来，手里铐着手铐。芳菲低着头也从别墅里出来，由两位女警陪着。我慌忙后退几步，看着他们被推上警车。芳菲在警车里看见我了，还狠狠地瞪了我一眼，就别过头去。

我手里的包忽然掉落在地上，"扑"的一声，还好最后时刻没带花瓶来，否则花瓶非碎不可。

模拟应聘

唐宋去应聘单位领导，漂亮的女工作人员把唐宋引到一台电脑前，轻声地说："测试从模拟当上了领导开始。您现在可以答题了。"屏幕上立即跳出一行字：欢迎您成为我们单位的领导！

唐宋觉得这样的招聘很新鲜，便开始操作，屏幕上立即出现了一行字：唐先生，您现在已经是我们单位的领导了，为了向您表示最热烈的祝贺，我们全体职工将在国际大酒店宴请您！如果您同意，请点"是"；如果不同意，就点"否"。

这样的酒会岂有不去之理？唐宋立即点击"是"。接下来屏幕上出现一幅喝酒敬酒的场面，唐宋喝了很多酒，下属个个红光满面地敬他，说着动听的话语。屏幕上又出现了一行字：现在您喝得不省人事，只好住在饭店的房间里。饭店老板特意安排一位漂亮的小姐照顾您。如果您愿意，请点"是"；不愿意，请点"否"。

唐宋认真地想，那时候我已经喝醉了，什么都不知道。唐宋脸上露出一丝微笑，欣然地点了"是"。天亮后，唐宋醒了，连忙看身边，发现有一张一万块钱的存折。屏幕上出现一行字：这存折上是您的名字，谁也不知道，而且连今后是谁送的您都不可能知道。如果接受，请点"是"；不接受，就点"否"。

唐宋很疑惑，送存折的人想要我帮忙？可一想又不对，万一被人发现怎么办？唐宋只得求助疑问查询处（整个答题过程中只可查询一次），查询结果：安全率99.9999%。有这样高的安全率，还是放心收下吧。于是，唐宋果断地点击了"是"。屏幕上跳出一行字：单位准备建一幢办公大楼，选择建筑商有两种方法，一种是公开招标，一种是由单位决定。在整个决策过程中，您作为一把手会不会听取其他领导的意见？如果不能听取，请点"是"；如果能，请点"否"。备注：这是一道能力测试题。

唐宋有些纳闷，听取其他领导的意见当然好，问题是万一听取了意见，他们会不会说我没有能力没有主见？对！这是一道能力测试题，我应该而且必须自主决策。唐宋很有信心地点击了“是”。屏幕上又出现了一行字：您的直接领导给您打电话，让您给他的妻弟推销一批货物。如果愿意，请点“是”；不愿意，请点“否”。

唐宋没有多想，就点了“是”。今后工作还要多靠领导支持呢。屏幕上又出现一行字：要过年了，您会去给领导拜年吗？如果会，请点“是”；不会，请点“否”。

唐宋想都没想，就点击了“是”。正在这时，屏幕上忽然跳出一张大红的任命书：兹任命唐宋为单位领导！接着，就是鞭炮和焰火占领了整个屏幕。

漂亮的女工作人员笑着问：“唐先生，想不想看看五年后的您？”唐宋欣然地查看五年后的结果，一看，脸色骤变，非常恐惧，一行粗黑的大字出现在屏幕上面：五年后，唐宋将成为监狱里的一名犯人！

漂亮的女工作人员安慰他：“您还可以重新答题一次。”唐宋急忙重新操作，作了这样的选择——问：是否去喝酒？答：否。问：是否和小姐同床共枕？答：否。问：是否收钱？答：否。问：是否独自决策？答：否。……

结果很快出来了：杭州灵隐寺将是唐宋最好的处所。唐宋目瞪口呆：“为什么？为什么？为什么会这样？”

化学反应式爱情

年轻有为的李教授和张博士同在一所大学任教，也同在一个化学制药系工作，一个专攻化学，一个研制新药，在教育科研过程中擦出了爱的火花，结为夫妻。

李教授面对漂亮温柔的张博士，感慨万端，跟张博士交流下一代的事情："亲爱的夫人，你是世上最美丽最温柔的女人，我多么希望我们也有一个像你一样美丽温柔的女儿啊！"张博士说："我也是这么想的，希望我们的孩子比我更美丽更温柔。"李教授说："亲爱的夫人，如果我们有了一个像你一样美丽温柔的女儿，你说让她面对错综复杂又荒诞不经的社会，特别是面对那些色迷迷的男人，我们是不是会很担心?"张博士回答："当然担心啊。"李教授更忧心忡忡了，"那怎么办?"张博士安慰李教授说："我们从现在开始研究一种药丸，相信到女儿十八岁时就一定能研制成功了……"

"女儿无论遇到怎样的男人都能对付了，你说是不是?"李教授接过话头说。张博士非常肯定地点了点头。

后来，他们生下来的果然是一个天使般的女儿。李教授和张博士笑嘻嘻地乐了花，可笑了没多久，夫妻俩都不笑了。李教授拿起了一本研究特别药丸的书。张博士看着甜睡的女儿在思考问题：这药丸的反应式在哪呢?

经过李教授和张博士成千上万次的研究试验，终于在女儿十八岁生日那天研制成功了。在女儿的生日晚宴上，李教授和张博士共同把这粒研制成功的药丸送给了女儿，还语重心长地说了一段话："我们最最亲爱的女儿啊，你已经长大成人了，今后你所要面对的将是你以前从未面对过的人与事，特别是异性，为此，我们特意给你研制了这粒药丸，你服用后就能永远不被男人欺骗，也就永远能快乐地生活了。"

女儿非常感动非常庄重地接过这粒珍贵又奇特的药丸，并当场用温开水服下了它。之后，女儿照样读书，照样考上了名牌大学。

有一天，张博士问女儿："女儿啊，那些靠近你的男同学，你有什么样的感觉?"女儿如实地回答："我看到了他们让我很恶心的缺点。""什么缺点?""比如张同学有脚气；李同学没有孝心；赵同学在喜欢我的同时又去追求他的学姐，真可恶!"张博士很满意地笑了，要的就是这个效果。

可是，到女儿25岁博士毕业时，还不见有恋爱的迹象，李教授和张博士有些担心了。张博士问女儿："我们最最美丽的女儿啊，你年龄也不小了，是不是应该谈恋爱结婚了。"女儿说："我最最亲爱的妈妈啊，只要看到男生们有如此丑陋的一面，女儿我无论如何也不会喜欢他们了。"

这话让李教授和张博士很放心的同时，又多了新的担忧。如果照此下去，女儿还能找到对象谈情说爱吗？要知道这世上最美好的情感是爱情，而这爱情可是要男人和女人一起谈出来的。嗨，看样子，这又是一个大问题啊！

李教授和张博士经过反复思考，决定再研制一粒药丸，让女儿吃了后能改变以往看男生都是不好的状况。好在有以前的研究基础，夫妻俩经过5年时间的上千次试验，终于在女儿30岁来临时，让女儿服下了这粒神奇的药丸。

过了没多久，女儿坠入爱河了，跟比她大两岁的赵博士爱得天昏地暗，还带回家来见家长。李教授和张博士见了后非常满意，同意他们结婚。可是，就在新婚的前一晚，那个帅气又才华横溢的赵博士，竟然去酒吧厮混了。李教授和张博士经过痛心疾首地反省，一致认为这都是新药丸闯的祸。因为这新药丸让女儿服用后，凡是对她有意思的男生，女儿都能从这个男生的身上找到很美好的东西。

李教授问张博士："你说我们怎么办？总不能眼睁睁看着女儿被天下色迷迷的男人欺骗吧。"张博士断然回答："重新研制！在新药丸还没有研制出来前，让女儿待在家里，哪儿也不能去，谁也不能见！"

过了一个月，女儿非常快乐又含羞地对李教授、张博士说："我认识一个网上的男生，他跟我一样被父母关在家里，担心在感情上受骗上当。我们相约在网上结婚，在现实中再也不谈情说爱了。"

李教授和张博士瞠目结舌，惊得说不出话来。

诱杀爱情

最后三天时间了，如果我还不能把守城堡的女将艾思拿下，一切都将前功尽弃，一切都将重来。可是，时间呢？我已经没有时间重来了。

“听着，你必须让她爱上你，发自内心地爱上你，那样她的功力就彻底地完了，否则什么用都没有。”

让她爱上我，让她真正地爱上我。必须这样做，这是我唯一的选择！

我扮成了一位富翁，来到了城堡下。我把金银财宝一一堆在艾思的面前。我对艾思说：“美人，如果你愿意，这些财宝都是你的。你就不用在这里守城堡了，就不用这么辛苦地为国王卖命了。”

艾思的眼睛眨都不眨一下，突然对我喝道：“快快把这些臭气熏天的东西搬走，否则，休怪本将不客气！”我说：“这是财宝啊，如果你有了这些，就有享受不尽的荣华富贵，你别傻了。”

艾思没有理我，我再次说：“天下除了皇上，就是我最富有了。如果你答应爱我，你就是天下最幸福的女人。”

艾思慢慢地靠近我，眼睛紧紧地盯着我，突然“嗖”地抽出宝剑，架在了我的脖子上，冷冷地问我：“你不怕死吗？如果不怕死，我就爱你。”

我顿时吓得全身发抖，“别别别，我走，我走！”如果被她杀死了，我还能完成最神圣的使命吗？我带着那些金银财宝，屁滚尿流地回到了驻地。我不甘心，我恨恨地想：黄毛丫头，我还制服不了你？哼！

一计不成，我又生一计。第二天，我扮成了一位多情又浪漫的王子。我再次来到城堡前，拿出了乐器，席地而坐，拨动了琴弦，我深情歌唱：

姑娘啊，亲爱的姑娘，
我要一生一世保护你……

艾思随着我的歌声，一步步地靠近我。

我唱得更投入了：

姑娘啊，亲爱的姑娘，
你是沙漠里的一滴水，
滋润我的生命与爱情。
我要做牛做马侍候你……

艾思的眼泪悄悄地流了出来，她感动了。她站在了我的面前，含着泪问我："你真的爱我吗？"

我用力地点点头，说："今生今世，我只爱你一个人，无论贫穷，无论富贵，我都爱你。"

艾思脸蛋儿红了，她低下了头，忽然又抬起头来，深情地注视着我，试探着问："如果现在让你为我去死，你愿意吗？"

如果现在为她去死，那我的使命怎么办？我婉拒了，我说："结婚以后，我甘愿为你去死。"

"不，就现在。"艾思坚持着说，"如果你现在为我去死，我就爱你。"

我说："如果你是真心爱我，为何要我去死呢？"

艾思回答："我想知道你爱我到底有多深，如果你是真心爱我的话，你一定能够无条件地为我去死的。"

我哑口无言，落荒而逃。身后传来艾思"哈哈哈"的笑声。

只剩下最后一个晚上了，如果这个晚上还不能让艾思爱上我，就彻底完了。

我破釜沉舟，扮成了落难书生，衣服穿得很破旧，来到城堡前。我坐在离艾思不远的地方，从清晨一直坐到夕阳染红了西山，不吃一口东西，不喝一口水。我身边没有任何水和食物。

艾思守卫在那里，忠于职守。忽然，艾思头顶上有一圈绚丽的光环，灿烂夺目，照亮了我的心窝。

我的心猛地跳动了几下，热流传遍全身，仿佛有一种力量在牵引着。我慢慢地站了起来，眼睛紧紧地盯着艾思，一步步地走近艾思……真是奇了，艾思也是目不转睛，看着我一步步地靠近，眼睛里有亮晶晶的东西在闪烁。

我说："我是个穷书生，可我爱上你了。"

艾思说："穷书生有什么关系，只要肯努力就行。"

我说："可能我会一辈子一无所有。"

艾思说："只要有爱，就可以创造一切。"

我说："你愿意嫁给我吗?"

艾思说："愿意。"

我问："为什么?"

艾思回答："因为我真心地爱你。"

艾思的目光变得情意绵绵，我紧紧地抓住她的手，牵着她一步步地走向原野。那里有我们爱情的家园，那里有我们幸福的婚床。

就在我们合二为一的瞬间，我忽然想到了我的神圣使命：我是一个诱杀艾滋病病毒——艾思的细胞，艾思是我最后的爱情！就这样，艾思在爱情的甜蜜中再也没有醒来，我也慢慢化作一滴清水，滋润着永远睡去的艾思……

在特殊年代相亲

尹依大学毕业在家一边复习考研一边等待好工作，在这过程中她去相亲了。

相亲的第一个对象是一位副局长。尹依知道县里的副局长是副科级，对于一个只有28岁的年轻人来说，在小县城已经很有前途了。

尹依就这样见了这位副局长。副局长见了尹依眼睛发光，盯着尹依不肯移开了。尹依当然知道自己的漂亮自己的气质。副局长给尹依讲了很多他的故事，还有他今后的打算，以及他目前的钱财。副局长非常爽快地说："假如我们结婚，以后你不上班也行，管好这个家就行了，反正钱不成问题，房子可以把现在的三室两厅换出排屋。"尹依面对副局长不知道如何回答才好。

回家后，尹依在想："他小小的副局长怎么会有这么多的钱？万一，我是说万一他被抓进去怎么办？"想到这儿，尹依马上否定自己的想法："哪有这么巧啊，你看看那些当官的有钱的，抓进去的有几个？"是啊，可尹依脑海里又跳出一句话来："万一呢？万一被抓进去了，我怎么办？如果有了孩子，孩子怎么办？"

这个亲，尹依最终还是放弃了。她不想提心吊胆地过日子，尽管副局长前途无量，但是，万一呢？那她岂不要一辈子低三下四做人?!

尹依第二次相亲的是一位中学老师。老师毕竟是为人师表的，既不会大富大贵，又不会出什么大事，结婚后肯定会有一个安稳的小康之家。

尹依见了老师后很满意，老师教语文，谈吐不俗，唐诗宋词，出口就来。这让尹依更有好感。尹依跟老师在咖啡屋听音乐喝咖啡，刚喝了一半，老师接到一个电话，老师听了一会儿就说："那你来玫瑰咖啡屋吧。"老师挂了电话就对尹依说："一个学生的家长说要见我。"尹依问：

"有事吗?"老师说:"没什么事。"

过了没多少时间，学生的家长来了，跟老师说了一些话，无非是让老师多关照他的小孩，并希望能得到老师的辅导。老师说:"没问题，你放心吧，我会多关照你的孩子的。"家长连声说感激的话，还从包里掏出一张卡，塞在老师的手里，"快要过节了，请去超市买瓶酒喝。"说着，就离开了。

老师把超市卡给了尹依，尹依看了一眼，是一张1000元面额的大润发卡。尹依心里当时很不平静，面对老师小心翼翼地问:"学生的家长是不是经常会送这个东西给你?"老师回答:"是啊，推都不能推掉，有时很烦人。"尹依问:"为什么会推不掉?"老师回答:"如果推掉了，家长会认为我对他孩子不好。"尹依问:"难道一定得收?"老师叹息道:"现在大家都是这样的，反正也好，一年到头不用自己花钱购物了，还可以打折换现钱。"尹依问:"如果打折换钱是几折?"老师回答:"有九折的，也有八折的，如果超市有关系，可以全额换来。"

那天跟老师喝完咖啡后，本来还想去老师的新房子看看，尹依觉得没这个心情，就打车独自回来了。回来前，她把超市卡还给了老师，什么话都没说。

尹依第三次相亲其实也不算相亲，他是一位来她家维修空调的维修工。这维修工很帅气，戴着一副近视眼镜，年龄26岁左右。维修工到了家后，看到她书桌上放着考研的书，就问:"你准备考研?"尹依说:"是的。"维修工再问:"你准备考哪个学校?"尹依说:"想考师大。"维修工听了后眼睛一亮:"我也是啊!"尹依很吃惊:"你说你也要考师大的研究生?"

维修工告诉尹依他大学毕业后一时找不到好的工作，就做了一名维修工，一做就是三年，现在学费也赚得差不多了，准备考研以谋发展。尹依心动了，真的动了一下，她的脸都红了。尹依突发奇想:维修工肯定不会像那位副局长那样，也不会像老师那样，他心地应该是很纯的，加上要去考研，更让人敬佩了。如果找这样的人做男朋友，也应该是很不错的选择。

维修工检查空调后对尹依说:"你家的空调要加氟利昂了，如果按单子加要120块钱，如果我私下给你们加只收60块钱，但没发票。"

尹依顿时没反应过来，请维修工再讲一遍，维修很耐心地再说一遍后，尹依忽然大声地说："我们不加了，什么都不加了，你走吧！"维修工很惊愕，看了一眼尹依，夺门而出。

就在这时候，尹依接到了妈妈的电话："依依，你的工作有眉目了，给你安排工作的人五万块费用就行了，很优惠的，我这就回家来取存折。"尹依还没听完妈妈的话，就连声叫起来："太好了，我就是想要这份工作！"说着，尹依把桌上考研的书一把丢进了床底下。

自杀者说

我就是那个自杀者，你们肯定会问我为什么要自杀，问题是我也很纳闷儿：我为什么要自杀呢？我的疑问跟你们的一样。现在，我只好把自杀时的想法说出来，或许你能知道我为什么要自杀了。

对了，自杀前一天晚上，我才听说老婆找了一个情人，而且这情人非常有钱，钱多得没处花。当然这人也有好多情人，对于他来说，多一个情人与少一个情人没有多少区别。问题在于，是的，我又要说问题了，老婆有了这情人后，她的一切都发生了变化，她不用三班倒了，不用挤公交车了，不用买便宜的化妆品了，更重要的是她不用面对我这个没用的人了。

大家可能很想知道我到底哪里没用了，放心吧，我会把一切都告诉你们的。总而言之，我什么都没用，不跟领导套近乎，没有一官半职，没有额外去赚钱，一天到晚有空的时候，就是读一些谁也不想读的书，当然，这些书以前是很有用的，但现在是浮躁的快餐时代，真正做学问的人少之又少。有人可能急着想知道我还有没有其他没用的地方，我告诉你，有！这也是你最想知道的，那就是我爬到老婆身上时也很没用。

好了，我已经说自己这么多了，我们的领导已经站在我的面前，他已经很不耐烦了，领导咳嗽了一声，算是跟我打了招呼。领导的脸阴沉着，领导的声音发出来了——“你以为我会随你起舞，门都没有！告诉你吧，你不可能自杀的，你绝对不可能自杀！我要让你成为因公殉职的人！对，就这样，你难道不知道吗？如果让你自杀得逞了，我的领导职位也做到头了，这能答应你吗？绝不！”

大家听听，明明是我不想活了，自杀了，领导却让我因公殉职。我知道这其中的奥秘所在，现在单位里实行问责制，无论出大事还是小事，相关的领导都要负责。这负责轻则批评检查，重则处分。这处分可是影响前途的大事啊！现在你们明白了吧，领导为何要把我自杀弄成因公殉职了，反正我说不了话了，随领导去折腾吧。

说到这里，老婆肯定要扑倒在我的身上了。老婆的眼泪却是正儿八经的，真的有心痛的，也有伤情的。问题是，当老婆从我的领导嘴里知道我是因公殉职后，就破涕为笑了。当然，这笑不是笑得很厉害的那种，而是暗暗的笑。这笑别人是看不出来的，却没有逃过我的眼睛——老婆的嘴角往上动了动，眉头忽地舒展开了——老婆已经从领导那里得到了非常肯定的承诺：帮她从工厂调到事业单位工作，给编制，给职位。

嗨！说到这里，我不得不叹息一声，毕竟从某种程度上来说，我用自杀换来了老婆的好工作好职位。这很难说是高兴还是不高兴。我又要说问题了，真的，问题是我如何去评价老婆现在的心情，还有，她有了好工作后，还会做那个有钱人的情人吗？说句心里话，如果她从此不做那个有钱人的情人，那倒也是好事。

话到这里，我想应该满足了，毕竟是自杀，却变成因公殉职，我告别人世时的最后时刻，将完全不一样，什么都不用我操心了，反正什么都由单位操办，只要我一路走好，别无其他。

问题在于，本来我自杀后的第三天，我就要化成一缕青烟了，但是到了第三天，还没有人来把我送到该去的地方，直到第四天一早，领导忽然又来到我的面前。领导穿得非常整齐，神情非常庄重，对我说："根据我们调查，你不是因公殉职的，而是……"领导说到这里咳嗽了一声，我知道领导要恢复我的本来面目了。是的，本来就是自杀嘛，干吗要把我弄成因公殉职呢？弄得我家人高兴了，更是弄得老婆都暗暗地笑了。

好了，不多想了，听领导往下说吧。领导掏出一张纸，声情并茂地宣读："经过我们调查，你，张侃同志是因为救人后不慎从窗台上掉下去光荣牺牲的。现在，我代表组织向你宣读，追认你为'见义勇为好榜样'的光荣称号……"

我自杀后的第五天，单位为我举行了隆重的追悼会，电视广播报纸上全是我的音容笑貌。

一个月后，我们领导升职了，领导升职时说，他培养了我这么伟大的英雄人物，是他一生的骄傲。

两个月后，我的老婆进入机关单位上班了，享受烈士遗属的一切待遇，跟那个很有钱的情人来往更密切了。

嗨，反正一切都不是我的本意，我更没办法改正了，毕竟活着的人的日子才是他们自己想要过的，管我干吗？你说是不是？

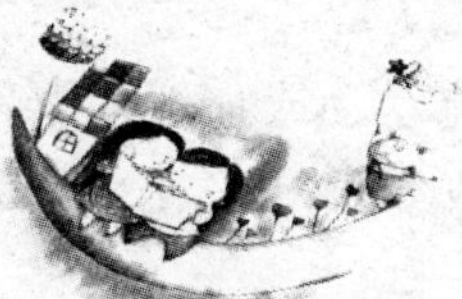

最后的玫瑰

女孩樱桃小口，一点点地细嚼着牛排，唇不露齿，还不时地喝一小口红酒，嘴唇红润如吻，当然还不忘记跟男孩碰一下杯子。

这个女孩是两个小时前认识的。在酒吧里，女孩独坐一角，喝着咖啡。当时男孩是坐在另一张桌子上，当然也是一个人。在这个城市里，男孩不认识任何人，也从没有来过。男孩是傍晚时分到达这里的。

男孩还清楚地记得当时的情景：女孩盯着窗外的斜风细雨出神，女孩身着轻纱般的衣裙，除一头黑发外，全身雪白，飘然如仙。女孩身上没有任何珠玉宝饰，像雪里的梅花一样，清丽高洁，冰肌玉骨。女孩那清丽脱俗的秀脸略有些苍白，却没有涂抹一点胭脂粉黛，两弯柳眉又细又长，一双深邃的眸子如同雪山下明净清澈的湖水。

男孩忽然有了冲动，有了一种特别浪漫的想法。

男孩让服务生过来，悄悄递过去两张百元大钞，轻声道：“请给我买一束玫瑰花，要最好的，多余的钱算是你的小费。”

男孩知道自己已经没有爱了，但爱却是人间最美好的东西。爱往往跟玫瑰在一起。

女孩一直盯着窗，看雨，直到男孩捧着玫瑰花站在自己的眼前时，这才反应过来。

女孩先是一怔，既而是灿烂的笑布满了面颊。

女孩没有接玫瑰，而是脸红红的，问：“我不认识你，为何要赠我玫瑰?”

男孩脸红红的，忽然笑了，笑得非常灿烂。

随后，男孩便非常认真地说：“因为这是我第一次浪漫，也是唯一的一次。”

女孩没有再为难男孩，接过玫瑰花，闻了闻，由衷地赞美道："好美，好香啊！"

接下来，男孩就请女孩吃牛排，要了两份最好的，还外加一瓶陈年红葡萄酒。

大厅里的音乐在悄然而又飘忽地流动，或如溪水潺潺，让人清新自在；或如花儿盛开，让人奔放自如；或如蜜蜂采花，让人钟情如斯；或如白云蓝天，让人想入非非……

男孩来这个城市之前，已经把所有的积蓄寄给了父母亲。五年前，男孩高考落榜后来到城里谋生，凭着自己英俊的外貌、不俗的谈吐，果真发财了。当然，这个财发得让他失去了自我。男孩每天周旋于众多的富婆之间，跟多少富婆来往过，数也数不清了。直到前不久医院里检查出他感染上了 HIV，他才如梦初醒，可这一切都为时已晚。

男孩痛苦了一个星期后，终于下定决心：离开这个世界！

就这样，男孩选择了这个城市，一个非常美丽的园林式的旅游城市。

男孩本来想静悄悄地离开这个世界，但见到看雨的女孩如此纯情美丽，才有了想要那种最后的浪漫。男孩以前都是跟那些上年纪又肥胖的女人打情骂俏，而对年轻漂亮的女孩，他从来都没有碰过，更不要说谈情说爱了。

"我还能谈情说爱吗？我还能有这个资格吗？"男孩忽然这样问自己。

女孩已经微醉，脸蛋儿更红润了，如同刚盛开的桃花一样艳丽。

男孩扶着女孩开了一个房间，一个豪华的套间，温暖如春，温馨如梦。

男孩抱着女孩躺在床上，双臂和半个身子都与女孩紧紧相贴，耳鬓厮磨，幽香缕缕，有一种如玉如冰的感觉。尤其是女孩吹气如兰，芬芳沁脾，令他沉浸在温香梦幻之中，却又颤抖不已。

男孩解女孩的衣裙时忽然有个声音在责问他："你真的能这样做吗？难道你把死亡留给她吗？"

男孩的手猛地缩了回来，男孩一把推开女孩，慌忙逃进卫生间，男孩拧开水龙头，让冰凉的清水冲洗自己的身体自己的灵魂……

男孩哭了，哭得痛心疾首，哭得痛不欲生。

过了好长时间后，男孩整理好自己的心情从卫生间出来，却发现女孩不见了。

女孩给他留下了一张纸条，上面写着这样的话：

本来今晚是我最后的浪漫，在这个美丽的旅游城市里，我终于找到了一个自己钟情的男孩。但是，我不能害了你——告诉你也无妨，我曾经是省城某富豪的情人，后来又成了某些当权者的性工作者。可我怎么也没有想到，竟然得了那种没有办法医治好的病。

别了，我的帅哥哥！

别了，这个美丽又肮脏的世界！

我好恨啊！

……

男孩看到这里，就冲出去了。

天塘山的咒语

在我们老家有一座山，叫做天塘山。山上树木葱郁，云雾弥漫。飞禽走兽，遍及山岭。在天塘山下有一块石碑。石碑上雕刻着一句咒语——上山挖塘者断子绝孙！

这条咒语何时雕刻上去的，谁也说不清。

小时上山砍柴，我看过这条咒语。当时没有什么特别的想法。也就是我小的时候，就有人上山挖塘，其实是去掏宝。相传天塘山上有七个塘，据说是身高三丈三尺的仙人留下的足印。如果哪个人挖到了这七个塘，那么，他会在最后一个塘里得到一副金锣金锤，就会有享不尽的荣华富贵。

那些上山挖塘的人，果真得病死了，果真断子绝孙了。有人不信这个邪，又上山去挖塘，结果，还是死于非命；或其子女也在一次车祸中丧命。这样，村里的人就相信了，除了上山采茶挖笋什么的，谁也不敢想挖塘的事了。

前些年，从山外来了一位有钱的老板，听了这个传说后，非常好奇，决定找人偷偷去挖塘。结果，老板被山上滚下来的大石头压死了。老板没有儿子，只有一个女儿，按理说这也算是断子绝孙。

这样一来，村民更害怕了，远远地避开天塘山，就连上山采茶挖笋也不敢了。

天塘山的塘成了村民的一个痛。天塘山的咒语成了一个谜。

多年以后，我读博士研究生，为完成博士论文，突然想到了天塘山的咒语。如果把它揭示出来，那我的论文肯定会引起轰动。于是，我对导师说了想法。导师非常感兴趣，决定亲自带我去考察。

就这样，导师和我来到天塘山进行考察，特别是对那石碑上的咒语，走访了所有八十岁以上的老人，查阅了所有相关资料，还拜访了有关医学专家、心理学专家、社会学专家、民俗专家、动物学家，就在要结束考察的最后一天，导师和我登上了天塘山绝顶。

天塘山果然是山势巍峨，绵延数十里，奇峰巨壑，雄伟壮观。

导师在山顶只说了一句话："我倒情愿相信有这条咒语啊！"

我却是感慨万端，说："可考察结果却不是这样的啊！"

回校不久，博士论文《揭开天塘山咒语之谜》写成了，交给导师后，导师很多天也没有答复。这让我非常奇怪，实在等不住了，我就去问导师。导师的桌上放着我的博士论文，封面已经很陈旧，显然导师翻看过好多遍了。

导师问我一个问题："你喜欢你的家乡吗？"

我非常肯定地回答："当然喜欢！"

导师严肃地要求我："这论文通过博士答辩后，别拿去发表了。"

这让我感到非常意外，"这怎么可能呢？"

博士论文如果发表出来，对我而言，意味着能找到一份更好的工作，还能在学术上打下很好的基石。

表面上答应了导师的要求，等论文答辩通过后，我悄悄地投稿给一家地理杂志，论文很快发表出来了。

导师看到后非常恼火，他拍着桌子训斥我："你这个不守信用的家伙，你……你这辈子也别想采摘到科学的桂冠！"

我低着头什么话都没有说。我知道这个时候说什么都没有用。

过了没几天，报纸电视都来采访了，天塘山咒语之谜就这样真正地向公众揭开了——那些因上山挖塘而死去的人，完全是意外，跟天塘山咒语无关。有关断子绝孙的说法，根本没有科学依据，完全是迷信。

然而，老家的兄弟来电话说："什么迷信不迷信的，我们就是相信！"

我苦口婆心地说了老半天，兄弟不但不信，反而骂我是傻子。

回家过年的途中，我和老婆却被老家的兄弟们远远地堵在了山外，他们不让我们进山。父亲还带给我一张纸条，上面只有一句话——

我没有你这个儿子！你永远也别回来！

我非常纳闷儿，也很委屈，只好带着老婆回她父母家过年。年过得很没意思。

年后回学校，我看到了一条让我非常震惊的消息：

“天塘山的咒语”失灵了！

天塘山毁了！

那些挖宝的人，把天塘山上的树木全给砍光了……

我给领导找情人

领导亲口对我说："你帮我找个情人吧。"我的眼睛顿时发亮：这领导是不是吃错药了？领导感慨地说："现在出去应酬，不带个情人出去，真没面子！"便对我说了好多次没带情人的尴尬场面。

我非常同情领导，便问领导："你找情人有什么要求？"领导连想都没想，回答："没啥要求，只要她愿意。"我说："她愿意也得有个条件吧，总不能阿狗阿猫都可以当情人吧。"领导想了又想说："我对她没有任何要求，她也不能对我有任何要求。"

这哪里是找情人，简直是找哥儿们嘛，不对，就算找个哥儿们也得有条件吧，比如是不是臭味相投，比如有没有共同的爱好，再比如是不是看着顺眼。不过，领导很忙，真的没时间跟我说话。

就这样，我开始给领导找情人，经过很多天的明察暗访，终于找到一个了。这个候选情人年轻漂亮，身材好，文化层次高，大学本科。

当时，候选情人说："我愿意做你们领导的情人，其实，我也没有什么条件，只要能天天跟领导在一起就行了。当然，领导如果不希望我天天在一起，这也没关系，不过，他得来个电话吧，这不算条件吧。"我连忙表示："这不算条件，这是人之常情。"候选情人说："那好吧，我什么时候可以见你的领导？不，是见我的情人。"

我当即给领导发短信，领导悄悄地回复："在开会。"我说："给你找好了一个情人，她没有任何条件，现在就想见见你。"领导说："让她等一下吧，现在脱不开身。"我能理解领导的处境，便说："那好，我让她等着。"

候选情人真好，一点也不烦躁，非常平静地跟我聊天，或者找一本杂志看，这样等着等着，就半天时间过去了。领导还没有来。

我只好又悄悄地给领导发短信，问他什么时候过来。领导回复说，现在过不来，头儿还在讲话。我急了，问他："那怎么办？你的情人还在等着呢。"领导回复："你陪她去吃饭吧。"

我只好向候选情人说明领导来不了原因，请她原谅。领导的候选情人很能体谅人，说："没关系，领导嘛肯定忙的，我会等他的。"

我心里暗暗高兴，能如此理解领导的情人，肯定是个好情人。为了体现出领导对候选情人的重视，我特意安排在市里最高档的酒店吃饭，点了最名贵的菜，还有最好的红酒，当然，我只好陪着她喝酒吃菜。候选情人真的很会体谅人，当我接到单位里一个比较急的电话时，她让我赶快回单位处理公务，说没关系的，她一个人会吃好喝好。

我连声说"谢谢"，就跟酒店打好招呼，回单位处理事情了。处理完事情，我跟领导联系了一下，领导说会刚开完，要陪上面的头儿吃饭去。领导让我好好陪陪候选情人。我当然连声说好。

当我赶到酒店时，候选情人已经吃好饭了，正在喝咖啡，见我过去，就问："要不要来一杯？"我说好。她问要不要加糖，我说随便吧。她说，那给你加点糖吧。我说谢谢。

就这样，我跟候选情人一起喝咖啡，一直喝到窗外的路灯亮起时，领导还没来。我急了，便对候选情人说："对不起，领导还是没时间过来。"她说："没关系的，这样等着也很好啊，你看看，吃这么好的饭菜，喝这么好的红酒、咖啡，还有你这么帅的主任陪着，我很知足了。"

我说："你只要见了我们领导后，就会觉得这世上真的没有比我们领导更优秀的男人了。""是嘛。""那当然。""难道比你还优秀吗？"我一听这话连忙表示："那当然啰，我怎么能跟领导相比呢？"候选情人却看着我乐呵呵地笑了，笑得我脸都红了，也好尴尬。

吃晚饭时，领导还是没到场，领导让我给她安排晚餐，还让我陪。吃好晚餐后，领导短信来了，让我给她安排一个房间，让她安心住在酒店里。

我就给她安排了一间高级套房，套房里有三个房间：会客厅、书房、卧室。住在这样的套房，生活肯定比较方便。候选情人就这样被我安排好了。领导很满意，候选情人也很满意。

候选情人天天让我安排见领导。只是领导一直很忙，没有时间见。反正，候选情人一直住在这豪华套间，每个月初，我都会到酒店去结一次账，把票据带回单位请领导签字报销。领导看都不看一眼，就签了字。

忽然有一天，领导对我说："让她做你的情人吧。"我很爽快地回答："那好啊！"领导说完这话，就光荣退休了。我正式接替了领导的岗位，当然，除这个候选情人外，还接替了其他。

在情人年代相亲

32 岁的我还没有女朋友。父母亲担心了，朋友们着急了。我倒不怎么样，反正该来的爱情终究会来的，这不，我在很短的时间里有了三次相亲的经历。

第一次相亲的地点，选择在咖啡厅。这咖啡厅的情调是我最喜欢的。来跟我相亲的女人是朋友们介绍的，说是绝对漂亮，绝对会让我喜欢。我喜欢漂亮的女人，长不长得漂亮，是我的先决条件。来相亲的女人果然漂亮，果然让我心动。我很满意。

女人对我也很满意，说话也很直接："我知道你也满意我，我也满意你，有些话，我们还是说穿为好，你说是不是？"得到我的肯定后，女人说："你的工作很不错，大学讲师，未来的教授，还有你人也长得英俊，儒雅。这一点我相当满意。"我说："你长得这么漂亮，还有举止言行也很优雅，我也很满意。"女人淡淡地说："既然如此，我有些话要对你说，我曾经是领导的情人，领导对我也很好，但我感觉太累了，便跟领导分手了。"

女人的话让我一下子清醒过来，这怎么回事？这怎么办呢？她，眼前的漂亮女人竟然是领导的情人，竟然跟领导相处了好几年，而现在，要跟我谈情说爱，这个，我心里会平静会答应吗？

我没有直接跟女人说"再见"，只是从口袋里摸出手机看了一眼，就说："老妈来短信，说父亲住院了，我现在就过去。"说完，我逃出了咖啡厅。

过了没几天，父母亲给我创造了一次相亲的机会，来相亲的女人是才貌双全，很让我喜欢，心跳加快，当时我就很想对她说"如果你不反对的话，我们结婚吧"。我的话没说出口，女人对我说："我想为了今后的幸福，还是把话说在前面为好，你说是不是？"我连忙说："是的。"女人说："我大学毕业后当了初中的老师，有一天被一位大老板请去吃饭，还答应给我一套150平方米的房子。我停职后就搬进了那套新房子里。我想如果你还没买房子的话，就别买了，直接在我的房子里做新房好了。你说呢？"

你让我怎么说呢？又是一位做过别人情人的漂亮女人。为什么两次相亲的漂亮女人都是做过别人情人的，难道漂亮女人都这样吗？我不相信！第三次相亲开始了。

眼前的这一位女孩是硕士，27岁，相貌当然是漂亮，但跟前两位比较稍要差一点吧，不过这女孩有品位，有文化，有追求的目标。她说："我想当教授，搞研究，把我对人类的看法用数据表达出来。"这跟我多有共同语言啊！

我跟女孩就这样恋爱了，在大学校园里，在大街小巷里，在电影院里，我们手拉着手，我们拥抱着，我们说着心里的最大秘密。女孩很痛苦地说了心事，原来女孩的硕士生导师对她的美貌早已垂涎三尺，只是一直没有机会让女孩就范，直到女孩的毕业论文要答辩前，导师对她说，如果她不答应，就不通过她的论文答辩。女孩很气愤，女孩想这不可能，于是就没答应导师的无耻要求。结果可想而知，女孩的硕士毕业论文没有通过。第二次硕士论文答辩前，导师再次要挟她，女孩没办法，如果再不通过答辩，就没法找工作了。于是，答辩论文前的那一晚，女孩喝醉酒后……

我很心痛，抱住哭泣的女孩，说："都过去了，都过去了，什么都不要想了，今后的人生都是属于你的，你可以做教授，做你喜欢的研究。"从那以后，我也没有主动联系女孩。

这三次相亲的经历让我很难受，特别是最后一次，有一种全身都难受得想哭的感觉。这样的难受整整持续了一个月，一个月后，我们学校的校长，一位40多岁风韵犹在的女人，把我叫到办公室，还关起了门。她说："我注意你很久了，也一直非常欣赏你的学识，看你一直没结婚，我想如果你答应的话，我帮你申请读免考博士，费用全部由学校出。"我悄悄地问："你要我答应你什么？"她直截了当地说："做我的情人，只三年时间。博士一毕业，我们就分开。"

我突然哈哈大笑，很轻蔑地瞧了校长一眼，甩门而去。

关　门

忙了整整一天，下班铃声终于响了，李永和有些累，仰面叹息了一声，捶了一下有些酸痛的腰，就关了电脑，关了灯，关了窗，看了一遍办公室，“砰”地关门走了。

可是，刚走出十几步，李永和脑海里突然跳出一句话：“糟糕，忘记关灯了。”连忙返回来，打开房门，灯却是关着的。

李永和有些纳闷儿：“我这是怎么啦？是不是心理有问题，不会吧，我心理怎么有问题呢？”李永和边想边往外走，走到西门小学也想不出一个结果，然后接了放学的儿子回家。

老婆已经在洗菜做饭了，李永和便给儿子辅导功课。吃饭吃到一半时，李永和接到领导的电话，领导对他一顿训斥：“好你个李永和，啊！下班门也不关就走了，扣你当月安全奖！”李永和整个儿地傻呆了：“我明明是关了门的啊，怎么会不关门呢？”

李永和委屈得心直痛，晚上怎么也睡不着。老婆也跟着他睡不好觉，老婆还告诉他，这个月的钱还了房贷款，给儿子明明交了学杂费后，就没钱买其他东西了。老婆还叹息着说：“本来这二百元安全奖准备给你买一双皮鞋，你那皮鞋真的没法穿了。唉！”李永和也有些无奈地说：“以后再买吧。”

第二天下班时，李永和特意一一做了检查，还灵机一动，想出了一个好办法。电脑关了，就在本子上写下“电脑关了”四个字；窗户关了，写下“窗户关了”四个字；电灯关了，写下“电灯关了”四个字；门关了，写下“门关了”三个字。做完这一切，李永和喘了一口气，还自言自语道：“这下子肯定不会错了。”

李永和放心地走在回家的路上，路上遇到了一位外单位的人。这人问李永和："你们单位的电脑今天能上网吗？"李永和回答："能上啊。"这人又说："我们单位怎么上不去，不知道哪里出了问题，真要命！"

李永和听这人一说，脑海里突然蹦出一句话："糟了，我的电脑没关！"便立即转身往回走，只走了三步路又停下了，自个儿笑了，"看我的记性，我不是记在本子上了嘛。"李永和取出本子，上面白纸黑字写着"电脑关了"。

可是，李永和刚把本子放回包里，脑海里闪出一句话："如果本子上记错了呢？"

李永和大吃一惊，傻站着，心里在想："有可能的哦！"

李永和顿时就慌了，连忙往回跑。要知道，曾经有一个单位的人，下班没有关电脑，结果电起火了，烧掉了整个办公室，赔了整整十万块钱。

李永和一口气跑到办公室，急忙打开办公室的门，扑到电脑前，查看电脑到底关了没有。李永和喘着气，捶了捶胸口，说："还好，电脑关掉了。"李永和还不放心，从包里取出本子，在那"电脑关了"四个字后面，又写上"已经确认无误"几个字。同样，在确认窗户、电灯和门关了之后，也加上这句话。

做完这一切，李永和完全放心了，便把本子放回包里往外走，还特意停在门边，往里面看了几秒钟，然后"砰"地把门给关上了，还自言自语道："这下子真的放心了。"

回到家，老婆问李永和："明明呢？"李永和猛然反应过来，"糟糕，忘了接了。"李永和急忙奔下楼，一口气跑到西门小学。在冷飕飕的寒风里，儿子明明眼巴巴地朝这边望着，儿子一见李永和就"哇"地哭着奔过来，李永和鼻子一酸，眼睛湿了。

李永和吃完饭，看完电视，洗好脚，正准备睡觉时，又接到领导的电话。领导问李永和："门关好没有？电脑关了没有？电灯关了没有？窗户关好了没有？"

李永和非常肯定地回答："都关好了。"

领导说："那就好，吃一堑长一智嘛，就不扣你当月奖金了。"

李永和感激涕零地说："谢谢，谢谢领导！"

李永和高兴，老婆也高兴，老婆说："你们领导真好！"李永和也这么想，可脑海里忽然跳出一句话："领导这样爱护我，我是不是应该去查看一下？万一没有关好，岂不是骗了领导？”李永和把想法给老婆一说，老婆连忙催促他：“对，你快去看看吧。”

李永和连忙钻出热被窝，披上衣服，打着手电筒，咚咚咚地下楼，噌噌噌地往单位快步走去……

一个小后，李永和冻得喘着粗气回家了，老婆心疼地对他说：“快进被窝啊！”

李永和却对老婆说：“老婆，我想在办公室里安张床。”

领导的情人

领导要高升了，调往外地任职。领导跟我交接班后说："让方菲跟着你吧。"我感到很意外，面对领导不知道如何回答。领导拍拍我的肩头说："就这样定了。"领导说完就往外走了。

方菲是领导的情人，这是谁都知道的事。领导竟然让她跟我，这不是要我的命嘛！如果不答应，方菲到领导那里一说，我的日子就不好过了。毕竟我是领导亲手提拔起来的，又接了领导的班。现在领导又要把情人让给我，这对我是何等的好啊！

三天以后，我特意约了方菲在玫瑰咖啡厅见面。临行前，我把方方面面的事都想透了，总而言之，一句话：不接受领导的好意。这关系到我的为人处世，更重要的是如果让方菲做我的情人，单位里的人就会在背后狠狠地嘀咕，工作就没法开展了。

方菲仿佛看穿了我的心思，她一见我就问："你是不是不愿意让我跟你？"我虽很吃惊，但还是如实地说："这是让我很为难的事，何况领导对我有恩，唯有在这件事上不太好听领导的话。"方菲眼睛盯着我问："你还有什么话没有？"我坦诚地说："想听听你的想法。"领导赴任前肯定跟方菲有所交代的。我想知道。方菲喝了一口咖啡，很平静地说："领导说你是个难得的好人，让我好好跟着你不会受苦的。领导还说，如果你同意，希望我跟你结婚。这是他的心愿。"

这领导怎么能这样跟她说呢？要知道，方菲可是领导您的情人啊，既然是您的情人，我应该当作长辈一样来善待，怎么能跟她做情人或夫妻呢？这是天理都不能容忍的事！

"我没想到领导会这么说，反正领导的心爱女人，我是绝对不能动的。"我悄声地说。方菲听我这么一说，微微地笑了，说："其实我不是领导的情人。"我感到非常意外："你再说一遍。"方菲说："我当领导的情人，只是想得到他的保护，并没有任何实质性的关系。”我不能理解了，“那你为什么要这么做?”方菲说：“官场里有好多色迷迷的男人，这些男人恨不得把我抓进嘴里吃掉，我一个外地来的弱女子，无依无靠，唯有抓住领导，才能保护好自己。”

我的妈哟，原来是这样的啊！这方菲虽谈不上国色天香，但也绝对是美人一个。现在最大的问题是，如果我答应了方菲，那单位里的人会说我动了领导的情人。这话要有多难听就会有多难听。如果我不答应，方菲肯定不高兴。一旦她不高兴，秘密不小心泄露，那后果就难料了。

“那这样吧，我们私下里听领导的话，公开场合你还是领导的情人。”这想法如同灵光一闪突然降临到我的脑海里。方菲听了也很满意。那一晚，我很想跟方菲在一起，方菲也有此意，但最终还是忍住了。万一被人发现，那就解释不清了。这成了一件让我每天每夜都揪心的事。如果要想正大光明跟方菲在一起，必须让大家抹去方菲曾经是领导的情人的事。而这件事好像不太容易抹去的。毕竟这天地间很小，没有隐瞒得住的事。我曾经跟方菲反复讨论，方菲也断然表示过：“只要能跟你在一起，我大不了公开原委!”我连忙否定：“不行不行！领导待我亲如兄弟，我们怎么可以如此绝情。”“难道我们只能这样偷偷摸摸过日子吗?”我连忙安慰方菲：“你放心，我们会想出一个好办法的。”嗨！这个好办法在哪儿呢?

终于有一天，这个好办法来了。我通过关系给方菲弄来一个到省城学习一年的机会。学习结束后，准备让方菲留在省城，而我也可调过去工作。远离小县城，有关方菲是领导的情人的传闻自然会消除了。

方菲就这样去省城学习了。我很高兴，方菲也很高兴。直到快满一年了，酒席上有朋友悄悄地对我说：“你知道不知道啊，方菲，她……”我很警惕性地问：“她怎么啦?”“听说她要调省城工作了，是她的情人也是你们前领导帮她搞定的。”

呜呼哀哉，我的妈啊！看来，无论怎么样，方菲是领导的情人的“事实”很难改变了。

投案自首

唐清做了一个梦，梦见自己的家人全死于非命。梦里有一位女郎对他说了一句话："唐清，你听着，如果你希望它是梦的话，就快去自首吧。"眨眼间女郎就消失得无影无踪。

唐清知道他自己所做的那些丑事，当然，这些丑事他老婆也知道一些，比如，跟总经理赵阳一道把公司的财产转移到第三方，目的就是想把公司搞垮，然后占为己有。

唐清梦醒后非常害怕，老婆年轻漂亮，女儿可爱美丽，还有父母都健在，生活得如此幸福快乐。唐清想清楚了，如果他去自首，大不了坐几年牢，这样对家人好啊！

唐清去找赵阳，对他说了梦里的事。赵阳说："这是梦啊，你担心什么？"赵阳还告诉唐清，这梦他也做了。赵阳还说："我们是唯物主义者，你紧张什么！"

唐清坚决要赵阳跟他一起去自首，还苦口婆心地劝导："赵阳，我们是朋友，所以我才这样坦然地对你说的，我们年龄都不小了，所做的每一件事，都应该替家人着想。"

赵阳看着一脸认真严肃的唐清，痛苦地低下了头，然后又抬起头来，轻声地说："好吧。"

唐清很高兴，真的非常高兴。

当天夜里，唐清把家人都请来，说了自己的想法。家人谁也不吭声，谁都知道这结果意味着什么。唐清悄声地问家人："你们同意吗？"等了好久也不见有家人表态，唐清问老婆："老婆，你是支持我的吧？"老婆不看他一眼双手捂面哭泣着跑进卧室里去了。最后还是母亲说话了，"清，妈同意！"母亲说完已经是老泪纵横了。

第二天，唐清跟赵阳一道去投案自首，到公安局大厅里，赵阳对唐清说："你在这里等一下，我去找个熟人。说不定会对我们有帮助。"唐清点点头，心想：这赵阳想得真周到。

过了一会儿，赵阳出来和唐清一起走进了一间办公室，对着里面的三位警察中的一位胖警察说："周处长，他是唐清，是我们公司的，现在他来自首，请你们要宽待他啊！"

唐清顿时傻呆了，盯着赵阳，指着他，涨红着脸说："你，赵阳，我们是一起来自首的啊！"

赵阳笑笑，然后说："唐清，我是你的领导，你怎么能这样说话呢？啊！好好地跟警察合作吧，对不起，我还有个会要开，要先走一步了。"

警察不管唐清如何申辩，把唐清带到了审讯室。让唐清怎么也没想到的是，所有证据都是唐清一个人的，所有转移出去的资金都归唐清的名下，唐清非常惊讶：这赵阳本事真大啊，一夜之间竟然能把所有的资料变了样。

唐清被判刑坐牢了，连申诉的理由都没有。唐清心里没有骂赵阳，只恨自己没用。唐清在监狱里表现非常出色，五年的徒刑，只坐了三年牢就出来了。

唐清出来之前，就知道赵阳已经把公司搞垮并以很便宜的价格买下了。

唐清出来后去公安局送了刑满释放回执后，就直接去见了赵阳，唐清第一句话就是："赵阳，我已经出来了，不过，我手里好像还有你的东西。"

赵阳哈哈大笑，然后恶狠狠地说："好啊，有证据你拿出来啊！我是欺骗了你，我是特意把公司搞垮，那又怎么样呢？告诉你吧，现在我是龙城最大的私营老板，我咳嗽一声，政府都要跑来问寒问暖，这你懂吗？"

唐清眼睛紧紧地盯着赵阳，然后从身上摘下一颗很大的纽扣，放在手里，冷冷地说："我不可能怎么样，不过，这个东西好像管用。"说着手掌一合，就快速地离开了。

唐清没有回家，而是直接去了市里。唐清用公用电话给赵阳打电话："赵阳，我在市里。"唐清挂了电话，乘上了去省城的汽车。到了省城，也在公用电话亭给赵阳打电话："赵阳，我到省里了。"不等赵阳回答，就挂了电话。

唐清在省城没有多停留，乘车回乡下老家了。

三天以后，媒体上报道了有关赵阳自首的消息后，唐清便去拘留所探望他。

唐清从口袋里取出那颗纽扣，递给赵阳，说："这是我在监狱的操场上捡到的。"

赵阳面对这颗纽扣，呆了。

兰花画家

很小的时候，我梦想成为一名画家，长大后却成了一名护士。一天，院长对我说："你不是想成为一名画家吗？有一位画家病了在家调养，你去护理吧。"这很合我的意。

画家住在很破旧的小院子里，这里属于旧房改造地段。画家很消瘦，坐在轮椅上，目光却有神。画家一见我就乐呵呵地说："想不到你们院长派这么漂亮的护士过来，感谢你来护理我。"我被画家说得不敢抬头看他了。

画家有一间很大的画室，让我感到意外的是，画室里没有一幅画，连客厅墙壁上也没有一幅字画。画家看出我的疑惑，说："画都送到省里了，要办画展。"

画家得了绝症，从省城治疗一段时间后，便回到了县城的家。画家没有儿女，妻子也不在了。家里没有其他亲属，县领导想让画家住在医院，但画家坚持要住在家里。医院让我来护理，给画家量量血压，打打针，喂喂药。

画家精神好的时候，给我讲他的故事。画家小的时候很苦，家里成分不好，上不了学，自学画画，直到四十岁才有了成就。画家说："年轻的时候，有一位很漂亮的姑娘，不管父母的坚决反对，要死要活地跟我结了婚。"画家的婚姻非常幸福，夫妻恩爱。可惜的是，五年前发生意外车祸，妻子离他而去。

画家给我看了他妻子的相片，果真是一位大美人。画家说："美不美都是一种心灵的感受，真正的美来自心灵深处。"画家的妻子有表里如一的美。

画家知道我喜欢画画，让我画给他看，画完一幅画，他就一一地指出画里的好与不足。画家说："画是心灵的真实反映，你只要把心里所想的全部画出来就行了，不要让心灵的东西修修补补。"

我忽然懂了许多，再画了一幅画时，画家说："就是嘛，你看看，这色彩，这感觉，完全是一个真实的你了。要记住，画中的每一笔色彩，都是代表你的心灵在说话，是你心灵最真实的表达。”

我的画有了很大的进步。院长每天上午过来给画家检查复诊，叮嘱我一些护理上应该注意的事。画家一直都非常乐观，跟院长说说笑笑，丝毫没有那种患绝症后的痛苦与绝望。

我知道画家的日子不多了。画家所需要的止痛药在成倍加量。

那一天，阳光非常灿烂。画家说：“我要画一幅画了。”我说我来磨墨。画家却不让，挽挽袖亲自磨了墨。画家说：“以后，当你很有名气的时候，你一定要自己磨墨。你知道为什么吗？”我想了想摇了摇头。画家说：“画是画者的心灵，墨是画者的食粮。哪有自己不亲自吃饭的道理，你说是不是？”

我点头称是，心中充满对画家的敬意。

画家画的是一幅兰花。

画家几年前准备画梅、兰、菊、竹，其他三幅都画好了，唯独这幅兰花一直没有画出来。画家深有感触地说：“以前一直认为画兰花主要画它的香气，而把握这浓淡香气是最为关键的。直到这段时间老是想过世的妻子，我忽然有了新的想法。”画家画好兰花后，让我送装裱店装裱。画装裱好后，画家说：“你帮我把画送到画展去吧。”画家告诉我，第二天上午10点要举行画家的画展，让我早些去，不要告诉任何人。

可惜的是，由于堵车，我没有准时到达画展会场。而在画展最显眼的地方，悬挂着画家的梅、兰、菊、竹。这让我怎么也不敢相信自己的眼睛了。我当即跟主办方说：“那幅兰花不是画家的画，画家画的兰花在我手里。”

主办方让我把画展示出来，请现场著名鉴画专家鉴定。鉴定专家经过鉴定后说我手里的画是仿制品，是假的。无论我怎么解释都没有用。我很愤怒。主办方悄悄地告诉我说：“画家刚刚去世。”

回到县城，我把这幅画挂在了画家的灵堂上。凡是看过这幅兰花的人都在议论这幅画。有人说：“这兰花给人的感觉不是香气，而是心灵的自在与快乐。”也有人说：“这兰花如同一位绝代佳人满面春风地朝我走来……”也有人说：“这兰花让我看到我今后的人生将无限美好。”

画家曾经对我说：“最后一幅画是在画自己，是画者一生的感悟与梦想。”

失忆后的我是谁

我失忆了，领导站在我的面前，我竟然认不得眼前的领导是谁了。

领导很有耐心，一点也没有发火。领导问我：“你还认得我吗？”我摇了摇头。领导又问：“你身体哪里不舒服？”我也是摇了摇头。领导叹了一口气，拍拍我的肩膀说：“都是开刀开的，好好休息吧。”

胆结石痛致使胆囊穿孔，手术后发现自己失忆了。我问医生：“是不是手术麻醉全麻的缘故？”医生说：“有可能。”我再问：“有办法恢复吗？”医生回答：“这很难说，还得看有没有恢复的条件。”我又问：“什么条件？”医生说：“这个条件就是能不能触动你原先的记忆神经。”

我似懂非懂，反正身体很好，能吃能睡，管它能不能认得领导呢。

过了几天，领导又来看我，问：“你还记得我是谁吗？”我非常认真地回答：“我认得你啊，前几天你来看过我，说是我的领导。”领导却说：“那是我告诉你的。”我说：“你是领导谁也拿不走，领导就是你，这是铁定的嘛！”领导可能想想有道理，离开前丢给我一句话：“我想让你当领导。”

果然，我病休半个月后第一天上班，领导过来问：“你还记得我跟你说过的话吗？”我回答：“记得，你让我当领导。”领导很满意地笑笑，就说：“是的，你准备好了吗？”我说：“早准备好了。”领导却问我：“你还记得我是谁吗？”我说：“当然记得，你是我的领导。”领导说：“看来你的失忆是对手术前的失忆，对现在还是有记忆的。”面对领导，我不置可否。

领导让我当了一个小领导。领导还是我的直接领导。我开始努力回忆以前领导跟我的关系，但不管怎么努力还是没有一点记忆痕迹。我想问问别人，可不知道向谁问话。问题是我面对身边所有的人，都不认识了，都不知道是谁了，除非他们事先告诉我他是谁。

没办法，我只好拉住单位里的一个人问："你知道我是谁吗？"这人很恭敬地回答："你是我的领导啊！"我又问："你是谁？"这人回答："我是你下属啊，难道你都忘了我们曾经一起去唱歌，你搂着一位小姐唱了好多的歌，然后……"我连忙打断他又问："然后什么啦，快说，你快说！"这人悄声地说："你去问那位小姐好了。"我感到莫名其妙："那小姐在哪？姓什么叫什么？"这人回答："在玫瑰歌厅，姓陈叫公主。"

我直奔玫瑰歌厅，问服务总台："请问你们这里有没有叫一位姓陈的公主？"服务员回答："有啊！"便让一位姓陈的公主出来。果然，这位姓陈的公主一见我就眼睛一亮，说："徐先生，你好久不来，今天你想唱什么，我就跟着唱什么，保管你满意。"我却问她："你记得我跟你一起唱过歌？"陈公主回答："当然记得啊，那晚你唱着唱着就要去那个了。"我听不懂，问："那个是什么呀？"陈公主说："那个你也不懂啊，是不是还想那个？"我试探着问："可以再那个一下吗？"我太想知道那个是什么了。陈公主很痛快地说："当然可以啊！"我跟着陈公主来到一间歌唱室，陈公主对我笑了笑，就解衣宽带，露出了她那诱人的玉体……

我落荒而逃，逃到了单位，见到领导如同见到了亲人似的痛哭起来："我怎么是这样的人啊……"领导很有耐心地安慰我，"你呀，别这样啦，刚才听你的下属说你去找陈公主了，其实这没有什么的，你以前本来就是这样生活的，经常去那唱歌，也经常跟公主们做这做那。这没什么，反正我是不会对你说三道四的，男人嘛，有点这个没什么的，你说是不是？"

我的心一下平静了。要知道，这就是本来的我，既然本来的我是这样的，有什么值得伤心难过，还是按以前一样生活吧。

就这样，我跟领导和下属们在一起过得非常开心快乐。领导说："还要让你当再大一点的领导。"我说："好啊！"领导说："这样你的记忆里便全是我的了。"我笑了笑说："好啊，我就是您领导的嘛！"领导很开心、很爽快，说："回去后就给你任命。"

我接受任命后对下属说："让你当领导，好不好？"下属当场泪流满面表示："好啊，好啊！"我说："让你的记忆里全是我的，好不好？"下属连声说："好啊，好啊，太好了……"

那天，阳光非常灿烂，非常温暖。

那天，也是我失忆后最有记忆最开心快乐的一天。

实名制天堂

好不容易获得一个作家的头衔，便有了一次访问天堂市的机会。这天堂市是目前地球上最富有、最安全、最宁静的城市，是人人都向往的最美好的居住地。

参观完毕，天堂市的市长非常热情地接待了我，说：“你都看到了吧，我们的城市很干净是不是?”这话说得很对，我说：“这城市真干净，干净得连灰尘都没一粒!”

市长又说：“我们的城市没有任何犯罪是不是?”这话说得太实事求是了，我为此惊叹不已。我走访了好多市民，都说过相同的话，这个城市里没有警察没有检察官没有法官，这城市多安全啊！这让我眼红嫉妒得都想留下来生活了。

市长亲自带着我检验这城市为什么没有犯罪。首先，市长让我一起上网，可我的电脑怎么也开不了机。市长做了一个示范，用食指按住显示器，显示屏一下子亮了，电脑启动。市长举起他的食指说：“我这食指就是我在这个城市的通行证，无论做什么，只要把食指按上去，就可以了，否则寸步难行。”

市长输入密码，在他的博客上发了一个帖子，打上一行字“热烈欢迎著名作家徐先生访问天堂市”。市长告诉我：“我们城市每一个人都有密码，这密码就是每一个人的出生年月日，也就是身份证号码。”

我悄声地问：“市长先生，您是说你们城市里的每一个人的密码都在公共信息系统中，无论是谁，职务有多高，谁也逃脱不了被管理。”市长笑了笑说：“对，确实如此!”

市长说着话儿，又带着我上了马路。马路上的人与车井然有序，没有人超车，没有人违章违规，也没有人随地吐痰。市长说：“我们城市的每一个角落，不管是大街还是小巷，都安装了摄像头，任何角落里如果有违规现象，在几秒钟内就会有人去制止。”

“市长先生您是说会有人出来制止?”“是的。不过，我当市长三年来还没有出现过。”

“那么，请问来制止的人是谁呢？你们这个城市已经没有警察了。”“你的问题问得太对了！因为我们的城市没有警察了，所以，如果发生什么事，那么离出事最近地方的那个人就会立即去制止。要知道，这是我们城市每一个市民的职责所在!”

市长带我进了路边一所非常漂亮整洁的厕所，上厕所也要按手指，也要输入密码。我悄悄地问：“市长先生，听说你们这个城市购买商品也要实名制?”市长断然回答：“是的，在我们这个城市无论你买什么东西，哪怕是一包食盐一瓶酱油，都要输入密码，按上手指印。我们城市每一个人一出生，就有了实名制密码。”这想得真是太周到了，前无古人，后无来者。

市长非常严肃地问我：“你想过一个问题没有？城市的安全靠的是什么?”我睁大眼睛表示不解。市长说：“城市的安全问题靠的就是公开啊！所有的人与事全公开，都在灿烂的阳光之下了，你说还有人敢做坏事吗?”

“不敢，绝对不敢!”我底气十足响亮地回答。这实名制真好，真了不起，真给力！不过，我非常好奇地又问了一个问题：“请问市长，男人女人亲热是不是也要实名制?”

市长还没回答，一个男子慌慌张张跑来，递给市长一张纸条。市长看了后惊恐失色，急忙丢下我往前奔去。纸条飘落在地。

我很纳闷，拾起纸条，上面白纸黑字写着：老公，我回娘家生孩子了，我们的孩子绝对不能在天堂市出生长大……

超常规生儿

张老头大清早从外地旅游回来，对妻说："你马上给儿子和媳妇下达超常规生儿的指示。"他说买来了超常规生长素。张妻心花怒放，待儿子和媳妇起床后，便指示："你们今天在家生个儿子。"

儿子乐呵呵地笑了，说："妈，生儿子又不是一天能生下来的，就算我没问题，也要等我媳妇儿排卵时才能同床，还要经过10个月的怀孕，怎么能这样说让我们今天就生个儿子呢?"

张妻说："我和你公公今天就想抱上孙子。"张老头也在一边点头称是。

媳妇见公公婆婆认真了，脸红红的，说："婆婆，就算我现在想生也不行啊，还没到排卵期。"

张妻从包里取出一包药物，说："这是催排卵的药，你吃后10分钟就排卵，就可以……"张妻对儿子说："你陪你媳妇儿去吃药。"儿子很不情愿地接过药拥着媳妇儿进卧室去了。

张老头和张妻好不开心，抿嘴而笑，他们一边做家务，一边哼起了小曲。张老头还从包里取出一包药，让张妻冲泡了一杯开水，放在桌上。一个小时后，儿子和媳妇从卧室里出来，脸红彤彤的，却低着头。

张妻端起刚才泡好的这杯药水给媳妇，说："你喝了这杯水，就可以测定是否怀孕了。"

媳妇当场喝下这杯开水后，由儿子陪着去卫生间测试，不多时从卫生间传来了振奋人心的声音："我要做爸爸啦!"儿子抱着媳妇儿从卫生间出来。媳妇捂住她的小肚子，很激动，很幸福，很陶醉。

就在这时候，张老头递给张妻一包药物，耳语了几句，张妻微微点头，然后对媳妇说："媳妇啊，这是生长素，你吃了后，宝宝就会加速发育生长。”媳妇眼睛亮亮的，问：“当真？”

张老头补充说：“那当然，你看看说明书。”

媳妇跟儿子一起看说明书，边看边念：“喝了生长素，宝宝提前长大三个月。真的吗？是真的吗？妈，爸，这是真的吗？”

张老头点点头，张妻说：“当然是真的啦，你快吃吧。”

媳妇把生长素服下去后，肚子果然有三个月那么大了。

张老头说：“这就是科学，我们一定要相信科学，科学就是要让我们在最短的时间内取得最大化的成果。这也是我这次去旅游参观学习的成果。”

张妻问：“还有生长素没有？”

张老头说：“当然有啊，这第二种生长素喝了后又能提前三个月时间。”

张妻：“你是说再喝一次生长素，媳妇就会有六个月的身孕了。”

张老头说：“那当然！”说着从包里取出一包药物。

媳妇接过药，就快乐地泡着喝，药刚刚喝下去，肚子就大起来了，看上去果然有六个月大。

张妻惊喜万分，儿子和媳妇相拥着流着幸福激动的泪。

张老头对儿子和媳妇说：“你们回房间去休息，等会叫你们。”

儿子和媳妇进卧室后，张老头问张妻：“你今天想不想抱孙子？”

张妻问：“今天抱孙子，不可能的，再怎么着也得再等三个多月。”

张老头说：“我告诉你吧，还有一种最新最科学的生长素，怀孕六个月的人喝了它，马上可以生孩子。”

张妻说：“当真？”

张老头从包里掏出一盒外观绿颜色的药物，盒子上面的广告词是这样写的：现在喝了它，等会抱宝宝！

张妻问：“真的能马上生下孩子？”

张老头说：“我参观学习时特意去请教过有关专家学者了，说是百分之百可靠，这是生命科学最伟大的成果！”

张妻便叫儿子和媳妇出来，说：“今天想不想抱上你们的宝宝？”

儿子和媳妇异口同声：“想，我们太想了！”

张妻递给媳妇一包药，说：“这是最新发明的生长素，我们请教过专家学者了，百分之百可靠，这是生命科学最伟大的成果！”

媳妇喝了第三种生长素不久，就开始喊肚子痛了，“哎哟、哎哟、哎哟……”

张老头果断地说：“快打120！”

120救护车很快来了，张妻对张老头说：“你别去了，守在家里。”

张老头在家里来回不停地走着，一会儿高兴得擦拭眼泪，一会儿又乐呵呵地独自笑个不停。

两个小时后，张妻带着一个小老头回家了。

张老头问：“媳妇生的是儿子还是闺女？”

张妻却对小老头说：“快叫啊！”

这个满脸皱纹白发苍苍的小老头，毕恭毕敬地对张老头叫了一声：“爷爷！”

张老头顿时目瞪口呆，突然瘫软在地，不省人事。

掉　价

请老爸吃饭，是俺跟老爸的约定。早在10年前刚工作那会儿，俺跟老爸说，待俺做了局长，就请老爸在市里最高档的饭店吃饭。俺现在已经是局长了。

老爸很高兴，问俺请了哪些朋友作陪。俺便说了。俺说了后，老爸却不愿意去了。俺急了，俺说："老爸，这几个朋友是俺最好的哥儿们，都是很有地位有影响力的人，您去了保证让您满意。"老爸乒出一句话来，让俺惊恐又不解。老爸说："跟他们一起吃饭，老爸就掉价了。"

"掉价？老爸您这不是说笑话嘛，那个张侃是市里最有名的作家，获得过好多的奖，还经常上电视，他的书出了好几本，都是精装的，销量很好。"

老爸说："你说得没错。他在市里名气是很大，他的书销量很好。但是，你好像忘了一件很重要的事，这个人获的奖全是花钱买来的，他书的销量也是他通过关系花公款买的。老爸问你，你看过他的书没有？"当俺回答没有时，老爸又说："没有几个人会读他的书，你知道为什么吗？"俺问为什么。老爸重重地叹息一声，吐出一两个字："垃圾！"

这两个字俺好像也听到过别人的议论，问题是他现在真的很有名，市里把他当作著名作家对待，给他房子车子票子，还给他数也数不清的荣誉。

"俺不说这位作家了，那陈列总不错吧，是市里的政坛明星。陈列干得真的非常出色啊，您想想他负责管理的地区经济超常规发展，城乡面貌焕然一新。这是大家有目共睹的，你说是不是？"老爸嘿嘿笑笑，"你好像没长记性了，他是怎么成为明星的？他是把老百姓的良田全给污染了，把乡村的小河全给染黑了，还有把天空中弄得全是粉尘，让人没法呼吸了。这样的人你说是明星吗？""可是，他把经济……""别可是的了，你说老爸跟这样的人一起吃饭，是不是很掉价？"

有关陈列的事，俺听说过，也知道一点内情，但是，现在社会大多是这样，有本事的人成不了名，成了名的大多没本事。这能怪陈列吗？

俺不知道如何回答了。“那避开陈列吧，就说说张医生，他是市里最有名气的医生，开创性地把本市医学成就提高到了新的高度。目前是国家级学术委员会的主任委员。这样的好医生名医生，您跟他一起吃饭总不会掉价吧。”

老爸呵呵地笑了，“这人老爸知道，他还是老爸在中学任课时的学生呢。不过，他读书的时候成绩是最差的，没有一次考试合格过，他考上大学好像是他父亲走了关系，不对，好像是顶替了一位考生。这事最后用钱摆平了。对了，他在医学院读书的成绩都是补考通过的，还有毕业论文是抄别人的。为这事好像打过官司，也好像花了很多的钱才没事的。哦，还记得一件事，他给病人做很简单的手术竟然让病人终生残疾了。再后来当然是花钱摆平。据老爸了解，他目前还没有完整地做过一例手术，但他有父亲的靠山，便很顺利地当上了医院领导。现在有种说法，只要是领导就有了学术上的一切。你说，老爸怎么能跟这样的人一起吃饭？”

俺只好对老爸说：“这样好了，这几个朋友俺都不请了，就俺们爷儿俩好好干一杯。”老爸冷冷地瞧了俺一眼，“不瞒你说，跟你吃饭也是掉价啊！”俺大惊，忙说：“老爸，俺是您儿子啊，您怎么能这样说话呢？”老爸的眼睛紧紧地盯着俺一字一句地问：“你的政绩难道不是靠吹牛吹出来的？”俺慌了，连忙辩解：“老爸您怎么能这样说呢，俺的成绩都是经过上级部门考核过的，是千真万确的。”

老爸又冷冷问：“难道没有一点水分？”俺脸红了，小声地说：“有一点。”“多少？”老爸严厉地喝问。俺回答的声音更小了，“三分之一吧。”老爸说：“如果只有三分之一的水分，那也不错了。”俺说：“真的只有三分之一啊！”老爸从怀里掏出一叠纸狠狠地摔在俺的身上，“你自己睁大眼睛好好看看吧，竟然用这种欺下瞒上的手段来获得局长职位！你说，跟你这样的人一起吃饭，老爸是不是很掉价？！”

半个月后，俺终于跟老爸一起吃饭了，在一家小饭店里。老爸很开心，跟俺喝了很多酒。老爸还夸俺说：“这才是老爸的儿子哩！”俺乐呵呵地笑了，笑得很开心、很自在。那一天，是俺主动辞去局长职务的日子。

美女的心愿

美女很憔悴，闷闷不乐，跪倒在上帝的面前：“上帝啊，请让我重新开始吧。”上帝说：“你做领导的情人，生活不是过很滋润嘛。”美女苦着脸说：“您有所不知，其实我只是领导暗藏的一只花瓶，见不得半点阳光。无论在任何时候任何地方，我都不能透露跟领导有关的半点信息。一旦透露了，领导的职位很有可能不保，我更无葬身之地了。”

上帝听了美女的诉苦后非常同情，“那你想怎么办？”美女请求说：“我想重新开始，让我大学毕业时不要认识领导，那样就不会有做领导情人的机会了。”上帝想了想后答应了，不过上帝又说：“如果你放弃了认识领导的机会，很有可能你接下来的人生中，不可能有认识领导的机会了，也就是说你不可能有做领导情人的机会，同样，也不可能有跟领导结为夫妻的缘分了。这你答应吗？”

美女连忙答应：“只要能很阳光地生活，就是我一生一世最大的心愿。”上帝笑了笑，然后说：“请你闭上眼睛吧。”美女很听话地闭了眼睛……

一年后，美女再次跪倒在上帝的面前，面容憔悴，精神恍惚。上帝心疼地问：“你怎么啦？”美女哭诉着说：“上帝啊，我还想重新开始。”上帝说：“我不是给过你机会了，怎么现在又要重新开始了？”美女流着泪说：“上帝，我过得很不幸福。”上帝说：“我让你重新回到了大学毕业时，也没有让你认识领导，你按你自己的主意认识了一位老板，还做了他的情人。据我所知，他送给你一幢别墅，还有很多的钱。生活非常富裕，简直是贵族般的享受。”

美女如实地说：“在外人看来，我生活是非常富裕，住着别墅，吃着山珍海味，刷着老板给我的金卡，穿的用的都是世界名牌，但是，上帝啊，我苦啊，真的苦啊！”上帝同情了，上帝是见不得眼泪的，特别是女人的眼泪。“你说吧。”美女说：“他把我当作交际花一样对待，任何场合，任何时候，都要我给他争面子，甚至出面去做一些我不想做的事。特别是有些事很难办时，他竟然让我去诱惑对方……我，我真的受不了这份苦啊!”

听到这里，上帝的眼睛湿润了，鼻子也酸了。上帝断然地说：“那好吧，我再破例让你重新开始。”美女破涕为笑了，问：“上帝啊，接下来，我会遇到怎样的一个人啊?”上帝反问她：“你想遇到怎么样的人?”美女含羞地说：“我当然希望能遇到我中意的人啰!”上帝问：“你中意的人应该是怎样的呢?”美女想了想，回答：“我也不知道，这个要遇到了才能知道。”上帝笑了笑，然后叮嘱她：“你可要看好了。”美女嫣然一笑，就跟上帝拜拜。

美女闭上眼睛，又睁开眼睛后，就回到了大学刚毕业时。那天，她去找工作，在等车的路上遇到了一个很英俊的小伙子。小伙子非常热情地跟她聊天。她也很高兴，跟小伙子聊得很起劲，也很投缘。美女心里也有话想问了。

“你工作好多年了，买房子了吧。”“是啊，前年就有了。”“那你的车呢，怎么也来等车?”“我的车啊，刚好去保养了，明天就可以提车。”

三天后，美女哭哭啼啼地跪倒在上帝的眼前：“我被骗了，我被骗了。”上帝很冷静地问：“他为什么骗你?”美女哭泣着说：“他根本没有房，也没有车，那房子是别人的，他自己只有一辆破自行车，一间租来的破房子!”

上帝叹息了一声，试探着问：“如果我现在让你重新开始，在你的眼前有跟你差不多年龄的年轻小伙子，他们当中有律师，有医生，有老师，有技术人员，有工人，有农民，你准备选哪一个?”美女一把擦去眼泪，问：“他们年薪有20万吗?”上帝回答：“没有。”美女又问：“有汽车有大房子吗?”上帝问答：“没有。”美女又问：“他们家庭条件好吗?”上帝回答：“很一般。”美女狠狠地瞪了上帝一眼：“你把这些人介绍给我做什么呀，真搞笑!”

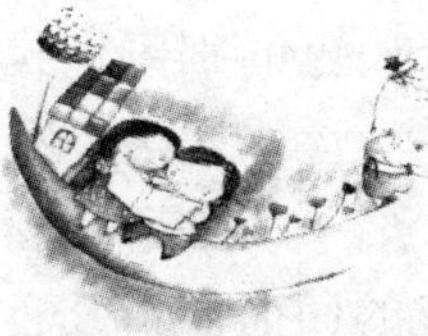

美丽之城的特别之旅

小的时候，爷爷经常带我去小溪边玩耍，还下到溪水里捉鱼捉虾。那时候溪里的水很清很甜，家里用水都是从溪里提取的。

稍大的时候，溪里的水忽然不能喝了，要到山里去提水。后来，田地全变成化工厂了。爸妈都在厂里干活。

再过了一年，爷爷呕吐得非常厉害，人瘦得没了人形，不久便离开了我们。有人说，爷爷是喝了井里的水得病的。井被爸妈填埋了。

爸妈说我不能再待在村里，要我去城里读书。城里有我的姨妈。妈妈说："你要好好读书，读好书就不用回村里了。"

姨妈住的这个城是一个非常美丽的城。我跟妈妈一起乘车还不到这个城，就被挡住了去路，不让车进城。让我们改乘其他的车子。在改乘其他车辆前，我和妈妈被带进一间房子，让我们洗澡，换新的干净衣服。然后，又让我们进入一间很温暖的房间里，待上一个小时才能出来。妈妈告诉我说，这是消毒，担心我们身上的病菌带进城里去。

消毒好以后，又把我们带到一辆非常漂亮的大车前，这车带着我和妈妈还有其他的乘客前往美丽之城。到了城墙边，我们又换乘了一辆蓝色的车。这车跟前面的那辆车对接后，让我们不用下车，在车厢里走过去就行了。这车的窗户全是封闭的，看不到一点外面的阳光，车内倒是很明亮，也很温暖。车载电视在播放美丽之城里的新闻，还有唱歌跳舞的节目。我不怎么看，很好奇这车窗外到底是怎样的风景。

可能过了很长时间，也可能时间很短，忽然窗外明亮如雪，整个城就在眼前：绿草，花树，飞舞的彩蝶，清澈的河水，跟我小时候看到的一样。呵呵，一切的一切都太美了！

这个美丽之城被一个很大很大的透明玻璃罩覆盖着。罩子的四周有四根巨大的管子通往外面。姨妈告诉我："这四根管子，一根是通往很远很远的地方，把那里清新的空气引到这里来；一根是排泄管通往城外，把城里的废气排出去；一根是供暖管，从城外通进来；还有一个管子是备用紧急通道，万一城里发生意外，这根管子就是逃生之用。”

我感到非常好奇，这城里没有高楼，全是清一色的别墅和排屋，红红的颜色。房子与房子之间都有一条弯弯的小溪。溪水很清，有很多的鱼儿，红的，白的，黑的，黄的，一会儿朝我游来，一会儿又离我而去。这些鱼儿好像不太欢迎我的到来。因为没有在我的面前停留几秒钟，就调头转尾巴了。这让我有些不开心。

妈妈在姨妈家只待了一天就回去了。我送妈妈到楼下的草坪上。妈妈临行前对我说：“好好听姨妈的话，不要乱跑，要多读书。读好书了，就留在这城里工作。”我望着妈妈，忽然鼻子酸酸的想哭。

姨妈对我说：“离开学还有几天时间，姨妈带你在城里好好玩玩。城里有很多好吃的好玩的，你尽情地玩几天，玩够吃够了就好好读书。”

我很听话，姨妈让我吃我就吃，让我玩我就玩，反正我心里非常清楚，以后要跟着姨妈过日子。姨妈因为没生孩子，把我当作自己的儿子了。其实，妈妈已经把我过继给姨妈了，否则，我是没资格在这个城里生活的，更不用说读书了。

就在开学前的一天，我的肚子忽然痛得非常厉害，又是吐又是拉的。这下子可吓坏了姨妈。姨妈当即把我送到医院去诊治。医生给我检查得很仔细，抽血，化验，拍片，做B超，吃药挂针，可三天时间过去了，却没有多少好转。我的病情弄得医生也非常纳闷。医生对姨妈说：“这病因非常明确，用药也很到位，怎么会好不了呢?”

又过了三天，还是不见我好转，姨妈很担心，给妈妈打了电话，让妈妈来一趟。妈妈是三天以后才到达的。妈妈见我瘦得不成样子了，很心疼，但没有哭出声来，只是眼泪不停地往下流。我对妈妈说：“妈，我想回家，看看我们家前面的小溪。溪里说不定有鱼了。”妈妈同意了我的要求。

我跟姨妈告别，姨妈却抱着我哭了，说对不起我，没有照顾好我，让我身体好了一定要来跟姨妈住。我很用力地点了点头。其实，我已经没有力气点头了。

我和妈妈乘上一辆蓝色的车，很顺利很快地出了城，没有进城时那么复杂，要一遍又一遍地消毒。反正，我一出城，很猛力地吸了一口气，感到有些甜丝丝的，真的。

回家后，我想喝水。妈妈说："这水太浑了，等清了才能喝。"我说："没关系，以前也是喝这样的水的。"妈妈说："你现在是病人。"我笑笑，端起碗一口气喝光了水。

当天晚上，我不再吐不再拉了，第二天，我的脸色红润了，没有不舒服的病症了，真是奇怪！

妈妈很高兴，说："再过几天，你还是回姨妈家里去吧。"我断然地说："打死我也不去了。"妈妈不解地问："为什么？"我很动情地说："那里不是我的家。"

我的家在这里，这是我祖辈们的家，也一定是我后辈们的家……难道不是吗?!

老实人的奇遇

那天下班，老实人开着车回家，刚到半路，忽然听到一个声音：“老实人，你把车停在路边，自个儿走回家。”老实人很听话地把车停靠在路边，把钥匙拔下，放在座位上。

老实人回头看了一眼自己的新车，就头也不回地走在回家的路上。

老实人走到家，天已经黑了，还没有开门进屋，又有一个声音传来：“老实人，你别住家里了。这个家给更需要的人住吧。”老实人把已经取出来的钥匙放在门边，便下楼了，当然，下到转角处，他回首看了一眼心爱的家，就“咚咚”地走到楼下了。

老实人抬头望了一眼自己家的窗户，却是灯火通明。老实人默默地往小区外走，肚子却已经在“咕咕”地叫了。他想找家饭店吃点东西，可又有一个声音传来：“老实人，你快往前走吧，一直往郊外走，10 公里处有一幢小房子，这房子就是你的新家。”

于是，老实人勒紧裤带，咽了咽口水，就大步地往前走了。

一个小时后，老实人到了指定的房子前，他蹲下身子，在门前摸索着，摸到了一把钥匙，开了房门，里面却是黑黑的。老实人取出打火机来，“啪”的一声，打着了，借着光看去，整个房间空空的，什么都没有。老实人已经饿得前胸贴后背了，他想找到吃的东西再说，整个房间里他找了整整三遍，终于找到半块红薯。他便用衣袖擦了擦，一口一口吃起来。

这时候，有个声音传来：“你吃完后，就睡在这里吧。从现在开始，这就是你的家了。对了，屋前屋后有两块地，你可以种植，但收获不完全是你的。”

老实人心里答应了一声，就赶紧把红薯吃完，用手擦了一把嘴巴，就找了一个地方睡了。老实人很快睡着了，还做了一个非常美好的梦，梦里有一位貌若天仙的美女来到他的跟前，含情脉脉地对他说：“每天晚上我会在梦里跟你见面，你是我的郎君，我是你梦里的娘子。我们生活在不同的时空当中。只有通过梦才能实现。”

老实人在梦里跟美女谈情说爱，海誓山盟，然后结婚了，还同房了……

天蒙蒙亮，老实人醒来了。醒来后，老实人环顾四周，先是非常吃惊，稍后想起来了，便闭了会儿眼睛，努力让自己镇静下来，然后起身，走出屋外。他深深地吸了一口气，动了动手脚，就站在那里不动了。

老实人看到了一对非常美丽的蝴蝶在花丛中翩翩起舞，又忽地飞上了天空，转眼间不见了。老实人走到蝴蝶起飞的地方，发现有一股清澈的泉水在往外冒，便连忙俯下身去，喝了个饱。

新的一天，就这样开始了。

老实人在房间里找出了一把锄头，还有一对箩筐，他来到屋前的空地上。他先把清泉挖了一个坑，用石头砌一层在边上。这是水源，是他今后生活源泉。随后，他开始整理屋前这块空地，很认真地清理，锄草，翻地。渴了，去喝一口清泉，饿了，也去喝一顿清泉。让他惊喜的是，下午翻地时，他翻到了半箩筐的红薯，他估计可以吃十天半个月。

晚上，老实人生了火，烤了两个红薯。他吃了一个，还有一个他想留给梦里娘子吃。果然，在梦里，娘子来到了他的身边，吃着他烤的红薯，边吃边说：“好吃，好香！”老实人笑笑，又信誓旦旦地说：“你放心，我会让你吃上好饭的。”娘子却说：“吃什么都没关系，只要跟你在一起，我就满足了。”

这一晚，老实人在梦里对娘子说：“今天我累了，想睡了。”娘子说：“好的，我陪你睡。”娘子就睡在老实人的身边，相拥而卧。

老实人早上醒来后，回味了梦里的事，便想：“我得去市场买些种子来。”于是，他吃了一个生红薯，喝了几口清泉，就出门了。

走到半路，老实人听到一个声音：“你梦里娘子只能在梦里拥有，你种的地无论收获多少，都不全是你的，就算你又富裕了，最终可能又会送给别人，如同上次一样，你还愿意去市场买种子吗？”

老实人心里默默地说：“我愿意，人生本来就是一个梦，从梦中来，又到梦中去。梦里幸福与快乐，就是人生最大的幸福与快乐。”

这时，迎面忽然有一阵风吹来，风里还夹带着一个熟悉的声音：“你快回家吧，种子给你买来了。”

拆墙洞

送走检查团，领导就指示我："去叫几个人来，把那墙开个洞。"

那墙就是那道隔离墙，是前天封上的。墙这边是现代化的都市，整洁气派；墙那边是民工聚集居住的地方，破烂不堪，又脏又乱。为了迎接上面卫生城市检查，领导决定砌这道隔离墙，花了整整一个月时间，把整个民工居住区给围截了起来。

我打电话给张老板："你找几个人来，给那道墙开个洞。"张老板当即答应派人来。我是喝了一杯茶后才去现场的，张老板已经在了，还有三个泥工。张老板指了指墙面问："开在这里吗？"我看了看说："就这里吧。"在这个地方有一条小马路通往民工居住区。

泥工就开始打洞，只一会儿工夫，就打出一个大洞，人可以进去了。泥工扩大战果时，却从墙那边传来了声音："谁叫你们打洞的？啊！"泥工胆怯地说："是徐主任让我们打的。"那边声音又传来："请让你们徐主任来说话！"

这些话我都听到了，我走近墙洞，往里看，是一个穿着制服的男子。他问我："你是徐主任吗？你不知道你们这样打洞会影响我们的工作生活还有学习，难道你真的不知道吗？"

我严厉道："你是谁？你凭什么说这样的话？啊！告诉你，在这里打洞是领导的决定，是领导的意思，谁也不能阻止！"有人盯了我一眼，就很快离开了。我挥挥手对泥工说："快打，争取半天搞定。"

洞很快打好了，我跟张老板一起走了进去，抬头望过去，却让我大吃一惊："这是哪啊？"整洁干净的街道，漂亮的房子，还有花红草绿的，如同进入一个城市花园。这跟我们市政规划中的城市面貌很相像。

张老板的眼睛也是睁得大大的，他一步步地往前走，嘴里念道："这是哪儿呢？昨天不是这样的啊！"我接过话头："是啊，昨天封洞时，还是破烂不堪的。"

我和张老板走到了街道上，路人见了我们很有礼貌，都会朝我们友好地笑笑，还会问我们需要什么帮助，说随时可以为我们服务。我和张老板不敢说话，看了一会儿后连忙返回了。从洞里钻过来，我立即打电话给领导，请他赶快来。

不一会儿，领导来了，我简要地汇报了一遍，就带着领导钻过墙洞去，往里面走。只走了几步路，领导的眼睛就发亮了，领导惊叹："这，这是哪啊？不是原来的样子啊！"我也跟着附和说："是的，领导你看，那房子，全是别墅，还有那花草，比我们进口的还要漂亮。"

领导问我："你问过这里的人没有？"我说："我哪里敢跟他们说话啊。"领导盯着我，我忙又补充说："不过，这里的人会主动跟我们说话，很热情很友好。"领导说："等一会遇到人，你什么话也不要说，只看不说。"

我点点头，跟着领导继续往前走，当走到街道上时，领导站着不动了，领导的目光往四周散去，这里看看，那里望望，然后，手指着一幢幢房子说："你看到没，房子都像个'家'字。"

我看到了，真像一个"家"，一个个"家"字，错落有致，又很自然地排列着。我说："这'家'字的创意真好！"领导却愤愤地说："这也是我的创意啊，想不到他们竟然抢先用上了。"

我连忙表示："跟他们打官司吧，哪怕花很多钱，也要夺回知识产权。"领导看了我一眼，微微一笑："这事，你去办吧。"我应声道："请领导放心，我一定办好！"

领导看了个把小时后，就回来了。领导指示我说："你快组织新闻媒体记者，争取在最短的时间内报道此事。主题：城市花园。"

我应声而去，还没有走出办公室，领导又叫住了我，指示我说："对了，你快找几个人把墙洞给封了，现在对谁也不能说，明白了吗？"我当即表示："我明白，领导！"

我连忙去了现场，对泥工们说："快把墙洞封起来。"泥工不解："刚拆了又要封，干的是什么活？"我喝道："要你封就封，又不少你工钱，你啰嗦什么！"

我进墙洞又看了那边一眼，还拍了几张相片，就让泥工封上了。

三天后，隔离墙再次开了一个大洞，我带着记者进去了……

上面来卫生城市检查时，领导就往墙那边带了。对了，来检查的前一天，领导对我说："你找几个人来，把这边给封了吧。"

补墙洞

唐局长问我："那个墙洞补好没有？"

我回答："早上去看过了，补得很好。"

唐局长指示我说："你再去检查一遍。"

我应声离开了办公室，很快到了楼下，到了那补墙的地方——墙洞依旧在！

我很愤怒，泥工在骗我！

补墙洞的泥工傻站在墙洞前，一见我就叫："徐主任，徐主任，这，这洞……"

我严厉地打断了他的话："你，你干吗又把洞挖出来？啊！你找死啊！"

泥工很委屈地说："徐主任，不是我啊，早上你也看到的，我补得好好的。"

是啊，我早上检查过的，墙洞是补得好好的，还粉刷了白灰。

"不是你，难道还会有人搞破坏？啊！都是你没补牢！"我再次严厉地喝道。

泥工眼巴巴地望着我，吓得不敢吭声了。

"快补上吧，我给你双份工钱。"我不想拖延时间，也没时间好拖延了。

泥工很不情愿地去补洞了。其实，这个墙洞不大，只有一个人弯腰才可以进入的墙洞。

我当即向唐局长作了汇报，唐局长还没听我说完，就暴跳如雷，对我骂道："你他妈快想办法给我补上，如果……你听到没有！"

我还能听不到吗？我已经让泥工快补上了。

墙洞补好时，唐局长就赶到了。唐局长检查完后，转身就要走，刚走了三步路，那刚补好的墙洞又显现出来了——这是我亲眼看到的，谁也没推它。

我惊叫起来："那洞，那洞，唐局长，那洞，快看!"

唐局长也慢慢地回头看了，看见了，那墙洞一点点地大起来，大起来，大到跟补洞前一样。墙砖和泥沙落在地上。

唐局长眼睛瞪得大大的，气都不喘了，盯着墙洞，不敢靠近。

泥工吓得屁滚尿流地跑了，边跑还边叫："我钱也不要了，钱也不要了!"

我也有点惊慌失措了，心"嘣嘣"地乱跳。

唐局长毕竟是领导，很快镇静了，命令我："你快找两个泥工来，要快!"

我当即打电话给跟我们单位关系最好的房地产商张老板，"你给我以最快速度送两名泥水工到紫荆南路来！对了，就现在!"

这时候，唐局长在通电话，脸色非常难看，很显然，唐局长在向上面汇报，肯定挨骂了。我当作什么都没看见，心里却很欣慰："你唐局长也有被骂的时候啊……"

十分钟后，张老板亲自送来了两名泥水工。

我对泥水工说了要求，泥水工就动手补墙洞了。

张老板也没离开，跟唐局长在说话。

半个小时后，墙洞再次被补上了，补得非常漂亮，看不出与整堵墙有什么区别。

唐局长也很满意，对张老板说："过些天，我们聚一聚吧。"

张老板当即表示，"好的，就去阆苑城。"阆苑城是新开张的高档娱乐城，吃、玩、住一条龙服务。据说还引进了几名外国美女。

就在这个时候，那刚补好的墙洞，突然又一点点地显现出来了。

唐局长惊恐万状，看着墙洞一点点地跟原来一样大了……

唐局长一步步走向墙洞，这里摸摸，那里瞧瞧，又往里面看看，然后站在墙洞里，面朝外不动了，刚好封住了整个墙洞。唐局长张着嘴巴说话，可没有声音。我感动奇怪，走到唐局长的眼前。唐局长便跟我说话，还是什么声音都没有。

我连忙去拉唐局长的手，可唐局长的手僵硬硬的。我突然感到害怕，连忙后退几步，掏出手机，打给我们单位的主管郑副县长。

郑副县长还没听我说完，就说："你别走开，我一会儿就到。"

张老板也不敢靠近，远远地看着。两名泥水工惊吓得不敢朝墙洞看了。

郑副县长来了，他叫了唐局长的名字，唐局长的嘴巴在动，却没有声音。

郑副县长对唐局长说："看来还要委屈你一下子。"

唐局长的嘴巴不停地动，就是没声音。我还发现唐局长的眼眶里溢出了泪水。

郑副县长抬腕看了看手表，断然地对张老板说："粉刷吧，再不粉刷就没时间了！"

张老板便让两名泥水工快动手，两名泥水工不敢上前。张老板只好亲自动手，我主动上前打下手。很快，墙洞粉刷好了——唐局长被粉刷了，粉刷得跟整堵墙没有区别。

12 点整，浩浩荡荡的检查队伍，从这里顺利通过。

责任指数

秘书给局长唐宋送来一份市里的简报。秘书说："唐局长，你抽时间看一看，要汇报的。"唐宋说："好的，我这就看。"秘书出去后，唐宋就开始看简报。简报还没看完，唐宋就喊叫起来："李秘书，李秘书，你过来！"李秘书应声推门进来。唐宋指着简报上的一串数字问："这责任指数'0'是什么意思？"秘书解释说："这是指我们单位今年上半年的工作责任指数。"唐宋思忖着说："这就是说我们单位上半年的责任为'0'，是这样理解吗？"秘书想了想，说："应该这样理解吧。"唐宋顿时跳了起来："那怎么行！我们单位的责任怎么可能是'0'呢？这就是说我这个做领导的没有责任嘛！"秘书解释说："今年上半年，我们单位没有发生贪污受贿的问题，也没有发生群众性事件的问题，就连小偷小摸小火灾的事也没有发生，正因为什么事都没有发生，所以责任指数为'0'。"

唐宋眼睛睁得大大的，继续听秘书往下说。秘书翻一下简报，指着一排数字说："您看，司法局发生3件事，其领导采取断然措施，问题解决了，就得了3分；公安局发生了3件事，其领导采取果断措施，问题解决了，得到了表扬，得了3分，还奖励1分；还有……"

"你别说了，我懂了。"唐宋摆摆手，对李秘书说，"你想想看，我们应该出哪些问题，当然，这些问题要马上能解决的。"李秘书还在考虑时，唐宋就说了："下半年如果我们要达到最高12分的话，正好每月出两个问题。你排排队吧，我们绝对不能让责任指数为'0'！"李秘书说："就是，我们管理局是大局，当然应该得最高分！"唐宋又说："最好是能加分的那种问题，明白吗？"

就这样，管理局的问题一个又一个地想出来了——

7月份，单位出了两起盗窃事件，把办公室的电脑偷去了。唐宋当即就采取非常措施，在公安局的帮助下，在不到24个小时里成功将小偷抓获，还把电脑追了回来，特别是电脑里相关数据一点也没有损失。唐宋得到了上面领导的表扬，说他有责任有胆识。

事后，唐宋对李秘书说："看样子，有些问题，我们可以把握，而有些问题，我们得好好研究，让它出得跟我们的思维走，你说是不是？"李秘书连忙称是，还问："下个月会出什么问题呢？"唐宋说："可能是个男女问题吧。"李秘书心领神会，男女问题果然出来了。李秘书老婆吵架来了，说要离婚，说得异常坚决。唐宋采取果断措施，经过三天三夜连续不断地做工作，让李秘书跟老婆重归于好，于是得到妇联的通报表扬。"你真有本领啊，夫妻吵架的事，你唐宋都能摆平。这说明你有责任心，有妇女意识。"唐宋却很谦虚，"哪里哪里，这都是我们的妇女同志好嘛。"

快年底时，唐宋问李秘书："你说，今年的责任指数还会有比我们高的吗？"李秘书想了想，回答："按目前情况分析，其他部委局的责任指数还不到10分，而我们已经率先达到12分了。"唐宋满意地点了点头，就说："我们还不能轻敌，你要盯紧一点。"

几天以后，龙城发生了一起警民冲突事件，公安局分管副局长被撤职，由于公安局采取的措施果断有力，很快平息了事件。市新闻节目做重点播出，其中有一句话：产生问题并不可怕，可怕的是产生问题后，我们领导同志对整个问题的态度。其实，这是一个非常严肃的责任问题！

唐宋听到了，也看到了，他非常生气：这不明摆着嘛，公安局的责任指数将会超过他们单位了。唐宋不服气，真的非常不服气！

就在年底前两天，管理局大楼突然着火。唐宋身先士卒，奋不顾身冲进了火海，抢救国家财产，还救出了被大火围困的李秘书和一名来办事的群众，唐宋却被大火烧伤了……

就这样，唐宋成了英雄，还获得了年度最佳责任指数奖。不过，遗憾的是，唐宋被烧伤的部位怎么也不能复原了。

偷 车

李永和在我面前骂人了，“他妈的，明天我也去偷辆车来骑骑！”他还发誓：“我再也不买车了！”李永和接二连三被偷去三辆自行车，都是新买的，都骑了不到三个月。我制止他说：“好啦，别骂人了，明天再去买一辆吧。”李永和是软件工程师，收入不错，买辆自行车也是小事一桩。李永和却仍怒气未消：“这不是钱的问题，实在是太气人了！”我不再理他。第二天，李永和给我打来电话，说：“告诉你吧，今天我去偷车了。”我一惊：“你真的去偷了？”李永和说：“那当然。”他说在街头，看到有一辆跟他第一辆很像的车，四处无人时，便悄悄摸了上去……

我忙问他：“你真偷来了？”李永和却说：“没有。”我问：“为什么？”李永和很泄气又很无奈地说：“车的主人过来了，他是个打工的。我……我怎么能偷他的车呢？”

哦，原来是这样啊！我便说：“你还是去买一辆吧。”李永和断然道：“不！”第三天，李永和又给我打电话，还没有等他说话，我抢先说了：“你是不是想告诉我你又去偷车了？”李永和呵呵笑着说：“是的。”我说：“你是不是想告诉我，你终于偷来一辆了？”李永和回答：“是的。”我一听这话就狠狠骂道：“你是个混蛋，”李永和很认真地回答：“我是混蛋！不过，我把车悄悄还回去了。”我感到有些意外：“果真如此？”李永和说：“是的。我见那车主向人诉说，他母亲生病住院，他天天要骑这车送饭的。我只好还回去了。”我的心动了动，不知如何说好，直到李永和放下电话。第四天，李永和的电话又来了，我知道他肯定又想说偷车的事。果然，他说：“告诉你吧，我已经物色到一辆车了。哈哈，我终于可以完成我的心愿了。”

李永和说到这里，见我不吭声，就问：“喂，兄弟，你怎么啦？说话啊，你快说话啊！”我什么话都没说，把电话重重地搁下了。他，李永和，真的太让我失望了，我的朋友、我的哥们儿竟然是个小偷！从那天以后的一段时间，我再没跟李永和联系，不想再理他了。他也不来电话，不来跟我聊天、喝酒了。不管怎么说，他不应该以这种方式去报复社会！有一天，我在一家软件店看到一款名叫“偷自行车”的游戏软件，觉得很好奇，而设计软件的工程师竟然是李永和！这让我感到非常意外，便买了一张碟片回家。在电脑里安装了软件后，画面上出现了几行字：在我们的生活中有很多无奈，比如你心爱的自行车被偷了，而且是接二连三地被偷去。你心里肯定非常恼火，非常愤慨，恨不得也要去偷一辆来骑骑。是的，你肯定会这样想的。那么，就让我们来玩玩去偷自行车的游戏吧……

游戏里前两次偷自行车的情节跟李永和电话里告诉我的一模一样，偷第三辆车的情节，我倒没听他说过——第三次偷的这个车主原来是一个中学生，他把车开锁后，又忽然上楼去了。就在这时候，车被“我”偷来了。谁知道这个学生是要去参加高考的，车被人偷去后，因一时打不到车而误了高考，没有被大学录取。后来，他跟社会上的混混一起混了，结果跟他们一起打架，一起被送进了监狱……

游戏结束时出现了一行粗大的红字：请你记住，做下很小的恶往往会引发很大的恶，而又会恶你终身！我忽然一个激灵：原来，李永和那次想告诉我的是，他正准备开发这个偷自行车的游戏软件啊！

你好

“你好!”一声亲切平和的问候，让我惊喜得没反应过来。这可是院长对我的问候啊！这可是自从我到医院做临时工三年来，第一次得到院长的问候!

这院长是新调来的。

当时我还蹲在水泥地上铲牛皮糖，听到院长的问候声，连忙转头望了望院长，院长微笑地看着我，好像在等待我的回应。出于礼貌，我只好站起来，可能是用力过猛吧，站起来时身体往前冲了冲，正好冲撞到院长身上，不料院长没站稳，被我冲倒在地。只听到院长“哎哟”地叫了一声，还听到了脑袋撞击地面的声音，很沉闷，很有质感。地上刚好全是污水，院长就躺在污水中了。

这下还了得，我吓得灵魂都没有了，连忙伸手去拉院长，可院长的手没有向上伸，我抓了一个空，脚下一滑，就跌下去了，刚好跌倒在院长的身上。我的头枕在院长胸脯上，我睁大眼睛望了望，望见了院长的下巴，还有院长的鼻梁，高高地坚挺在那里，像一个小山头。

院长没有发出声音，我觉得奇怪，院长怎么不呼叫，不吭声？我爬起来了，院长还躺在地上没动。我蹲下身子去拉院长的衣袖，嘴里轻声地叫唤：“院长，院长……”院长没发出声响，也不动一下，眼睛闭得紧紧的。我的脑海里突然出现一个念头：院长是不是……那个了。

这下我慌了，心怦怦狂跳，急忙喊叫起来：“来人哪，快来人哪……”只几秒钟时间，院长身边就围着好多人了。院长被抬进了急救室。这抢救的过程，我就不知道了。

后来的几天时间里，我多次被副院长找去谈话，谈话的内容就是要我把当时的情况叙述一遍。叙述完后，副院长还会问一个问题：“你所说的属实吗?”我发誓道：“如果有一句假话，我就不得好死!”副院长摆摆手说："别说得这么严重。"我严肃道："我用良心说话。"副院长不再问话，让我出来。我知道自己罪孽深重，如果院长不来问候我，就不会发生这样的事故了。院长完全是为了关心我啊！公安也来找我了解情况，还做了详细笔录。公安曾经怀疑我有作恶的地方。

面对公安的怀疑，我一点也不害怕。问完话，我来到草地上，仰望天空，看着小鸟在自由自在地飞翔，忽然鼻子好酸，想哭，真的，要知道，院长还在重症监护室抢救，还处在昏迷之中。我听医生说，院长要抢救过来，很难很难，有医生说院长的生命也没几天时间了。院长至今没睁开过眼睛，更没半句言语。那声"你好"很有可能成为院长最后的声音。院长最后的声音却让我这个临时工听到了，我感到很紧张、很害怕。我不知道这意味着什么，更不知道院长那天为什么要问候我。

院长还是要去了。院长要去的那天晚上，副院长找到我后非常诚恳地问："你觉得院长这样走了可惜吗？"我回答："可惜。"副院长又问："院长这样走了，他的家人是不是特可怜？"我回答："是的。"副院长又问："你希望院长走得好一点还是差一点？"我大声地回答："我当然是希望他走得好一点。"说到这又连忙补充说，"这不是我来决定的。"副院长却说："这个真的是由你来决定的。"我大惊，眼睛瞪得大大的。副院长的想法终于和盘托出，说这样对院长本人和家人都好。

院长终于走得好一点了，院长是扶我时跌倒的，而不是被我冲撞倒地的。院长做了好事，成了模范，成了英雄。院长走时的表情很安详，没有半点痛苦。这是医生告诉我的。医生还说，副院长把上级的嘉奖决定在院长的病床前宣读了。院长听了后就走了，走得比较果断。

院长走了后不久，我也不在这家医院做了。尽管没有负任何责任，尽管副院长，不，现在是正院长了，他让我留下来，还说准备给我转成正式工。我说声"谢谢"后还是离开了。离开前，我特意站在院长被我冲倒的地方，抬头望望天空，低头看看地面，觉得这地方跟其他地方没两样，都是同一个蓝天下，都是硬硬的水泥地。当时在我的脑海里忽然跳出两个字来，于是，我闭上眼睛，也亲切平和地问候了一声："你好！"

化验品质

李永康在一家职工医院工作，做的是化验师。一天到晚跟病人的液体打交道，血呀尿呀粪呀什么的，都是病人最不喜欢而又迫切想知道结果的东西。他面对来化验的病人有时会想说：“你血里有条虫呢！”当然嘴巴里绝对是这样说：“下午四点钟来取结果。”

他有时也在想一个问题：“人的液体如同人的品质，稍微出一点差错，整个身体就不对劲了。可人往往太过于重视身体骨肉的健康，而健康来自液体的观念却很少人有。好在现在有了精确的化验仪器，不管你的身体健康与否，化验一下就很清楚了。如果人的品质，也弄个仪器来化验，肯定是奇妙无穷的。”李永康想到这里，心里感到特别欣慰，目前没有哪一种职业能跟化验师相比，有本领知道人的液体里面到底有什么东西。化验师是探寻人类隐秘的真正特工！

有一天，院长陪着总公司刚上任的叶总来医院化验肝功能，正好是李永康当班，他给叶总抽了血，便专心做化验，让鲜红的血液注入仪器，仪器通电后就自动运作自动化验了。在等待结果的过程中，李永康突发奇想：如果在肝功能众多项目的基础上，再加上一个“品质”的项目，是不是也会有结果出来？这么一想，李永康兴奋异常，他启动电脑，进入系统程序，在肝功能栏目里增添了“品质”一项，然后点击确定程序，电脑显示：您所增添的项目操作成功。

李永康大喜，心怦怦跳个不停。要知道尽管增添成功了，但能不能出具体数据，那是关键。李永康心里紧张得要命。

一个小时后，仪器显示肝功能化验完成，电脑屏幕上显示出了肝功能的各项指标，而在这些指标的下面出现了“品质”两字，对应的地方有一个数据：20。

李永康兴奋得差点叫喊起来，脸涨得红红的，他狠狠地拍了一下脑袋瓜子，努力让自己冷静下来，不过心里还在想：这‘20’所代表的含义是优还是劣？是不是应该有一个参考数值？这个参考数值如何获得？

第二天，有个乡下的农民来做肝功能化验。李永康特意观察了一下，这个农民看上去老实本分，言语不多，目光很静。李永康便记在心里，还感觉到这跟品质数值可能有关联。这个农民的肝功能化验结果出来了，品质数据对应值为‘85’。这跟公司叶总的品质数值‘20’相比较差距很大，那么，这品质的高低优劣如何划分呢？

从那天以后，凡是医院里来做肝功能化验的，只要李永康上班，都由他来做。他还对每一名来做肝功能化验的患者进行私下调查研究，内容有：一是他的工作能力与工作态度，二是待人接物如何，三是家庭成员之间是否亲近，四是社会活动方面，五是好人好事情况，比如是否有救人壮举，等等。李永康都一一登记分析，并以图表的形式展示出来。

经过两年的不懈努力，做肝功能化验的病例数达到了1000例，李永康对其进行了系统归类，数值从大到小排列；对患者调查研究的分析结果也进行打分，数值也从大到小排列；然后让两者进行合并对照，李永康就发现了一个奇妙的现象：那些调查研究中得出好的或比较好的患者，他们的品质化验结果数值也是高的或比较高的，反之就低。

李永康经过反复计算核实，得出最终品质化验研究结论：数值90～100之间的为优秀，75～90之间的为良好，60～75之间的为一般；数值50～60之间的为比较差，30～50之间的为差，30以下的为绝差。

不料，李永康的研究成果被好事者偷偷曝光，总公司叶总得知自己被试验并被划到“品质绝差”类中，非常不悦，于是，通过不正常手段让李永康下了岗。李永康大声地对前来宣布这一决定的院长说：“我研究的结果没错，你等着看吧！”

果然，一年后叶总被抓。叶总故意让公司下属的好几个分公司报亏损，把赚来的钱偷偷地汇到国外，然后找一个代理人，再把钱汇到国内来投资，办合资企业，名正言顺地侵吞国有财产。叶总完全是一个品质极其恶劣的人！

李永康却没有重新上岗做化验师，有位同事私下里对他说：“院长说你很可怕，竟能测出人的品质，谁还敢让你重新上岗？”

李永康很气愤，只好带着他的研究成果去找买家了。

拒绝美女

黄市不但城市建得漂亮，美女更是遍地无数。这话不是我说的，是黄市一位姓祝的文友告诉我的。他说：“以前这里也出过大美女，比如那个西施，就出在我们黄市。这些年来美女更是层出不穷，已经走向世界了。”文友还把历史上有关美女的资料传给我看，还说：“你什么时候来黄市，一定给你介绍一位美女。”

祝文友一直把我当作风流才子，刚好我又是属虎的，排行老大，他索性称我为徐伯虎。我也以牙还牙，叫他祝老二。祝枝山是他的老哥。

那天，祝老二发来了请柬，要做新郎了。祝老二要做新郎，我当然得去。可这个该死的祝老二附了一封信，却让我左右为难。祝老二在信中说：如果你不想要美女的话，请不要来黄市！

祝老二说这样的话，不可能仅仅是让我要美女，或许是故意为难表面上风流骨子里却是土包子一个的我吧。我特意打电话过去问原因。祝老二竟然哈哈大笑，还嘲笑说：“哇，徐伯虎，原来是这样的人啊！”我气得摔了电话机，骂道：“你等着，到底谁怕谁啊！”

于是，我先乘飞机，再乘火车，最后是汽车，来到黄市。一踏上黄市的街头，我发现这里真的好漂亮啊，马路好宽，大楼好高。路上跑的汽车全是高档豪华的。那些来来往往的人穿着打扮全是时尚的，全是名牌货。哇，这里怎么这么富裕？

特别是祝老二的婚礼，真他妈的豪华，全是大奔，清一色的俊男美女相陪左右，场面好气派好壮观啊！

忽然，我脑子跳出了那句话：如果你不想要美女的话，请不要来黄市！

我靠，这个祝老二！我得喝完喜酒赶快回去，万一祝老二真的给我介绍美女，非出事不可，这美女里面肯定有阴谋。

可是，酒还没有开席，祝老二已经把一位美女安插在我身边了，还拍拍我的肩头说："伯虎兄，我可是有言在先，相信你是有备而来的。"

我狠狠地瞪了祝老二一眼，大气也不敢出。美女看着我，美丽无比。

美女悄声地问我："伯虎哥哥，晚上只跟我喝酒好吗？"

我顿时脸红，语无伦次地回答："哦，啊，呵，这里真美啊！"

美女面若桃花，"是么，伯虎哥哥，你好帅！"

我晕！我靠！我不敢动弹。

没有办法啊，我只好跟美女喝酒，先是一小口一小口地喝，再是一杯一杯地喝，不知道喝了多少，我和美女都没有醉，而醉了的却是心啊！

美女温柔地问我："伯虎哥哥，我们去透透风好吗？"

我还能说不好吗？美女牵着我的手来到顶层阳台，呵，好美的夜景，全城灯火辉煌，流光溢彩。晚风徐来，更是心旷神怡。

美女又悄悄地说："我带你去个地方。"

我没有回答，只是跟随她去。我知道我的心已经完全被美女吸引了，美女把我引领到一房间里，四周铺满了鲜红的玫瑰花，还有爱的音乐在悄悄地流动，灯光更是充满情调，时暗时明，整个房间充满芳香，充满温馨，更充满了浪漫。

美女的衣服已经悄然落下了，那像冰雪一样炫目乳酪般的胸脯立即暴露在了我的眼前。我痴痴地凝视着，我敢肯定这一定是世间女子最美丽的乳房——凝脂如膏，丰润雪嫩！我的眼睛发直了，真的想不到女人的身体竟有这样的美丽。

我的全身突然仿佛被火引燃了似的，我已经不能控制自己了。

美女目光含情，红唇如脂，声音如梦，"来，来，来吧……"

就在美女转身要去掀被子的一瞬间，我突然看到了一根东西，对，尾巴，是长在美女身上的尾巴！光光的，白白的，有一尺长。

我非常恐惧，指着她问："你，你，你那个，那个是，是……"

美女却甜美地一笑，"这个啊，是我的尾巴，全城女孩中长得最漂亮的耶！"

我还没有听她说完，就落荒而逃，还没有逃出黄市，接到了祝老二的电话。他责怪我说："你怕什么呀？我的新娘就长了三只乳房呢，你啊，多浪漫多美好的夜晚被你破坏了，可惜，好可惜啊！”

我没有理他，关了手机，一路逃回了家。

事后，我上科学网站查找有关美女长尾巴长三只乳房的资料，发现都是同样的解释：这是返祖现象，更是人类自身过度开发的最终结果。

老公想当领导

老公说："我想当领导，当了领导我们不用这么辛苦了。"

我说："行啊，我无条件支持你！"

老公说："我以后没时间做家务了，也不能陪你逛街了，更不能陪你去看星星看月亮了，也可能没时间辅导孩子了。"

我说："没关系，反正你在家也没做过多少家务，给孩子也没辅导过多少次，你也没陪我逛过几次街，更不用说去看星星看月亮了。那是你追我时的事。"

老公说："我的教育论文没时间写了，你帮我写几篇；那些学生的作业也没时间改了，你帮我改一下；我现在要请领导去喝酒，今天的课你帮我代一下吧。"

我说："没问题，反正教育论文多写几篇也是写，作业多改几本也是改，课多上几节也是上嘛，我统统答应你，但你请领导喝酒，千万别多喝，身体要紧啊，身体是第一位的，其他都是次要的。"

老公说："领导答应了我的要求，让我好好干。我现在应酬很多，钱不够花，能不能把家里的存款取出来，反正一旦当上领导，钱肯定会比现在多。"

我说："好啊，只要对你当上领导有用，别说家里的存款，就是没有存款，我也会想办法给你弄来；还有，我会从今天开始一直到你当上领导为止，决定不买一件衣服，不乱花一分钱，给孩子的开支也能省的全省下来，让你大胆地花，大方地花，要让领导们知道，你绝对不是一个小气之人。"

老公说："现在跟了领导后要经常出差，经常不回家，希望你能理解，有时尽管出差回来了，还得陪领导们"修长城"，通宵达旦的时候可能会很多，没法照顾家里。"

我说："我理解，一万个理解，现在要想当上领导都得这样子的，老公你放一百个心一万个心去吧，我没有关系的，孩子也没有关系的。我和孩子会安排好生活，只要你能早日当上领导，比什么都强！"

老公说："老婆，对不起，本来说好去看生病住院的父母，现在没有时间了，要陪领导去钓鱼，领导说这次提拔的名单中有我，让我不要让他失望。"

我说："没关系，我和孩子去就是了，父母能理解的，尽管你的父母一直盼望你去看他们一下。既然如此，你好好陪领导钓鱼吧，把你钓鱼的水平好好发挥出来，让领导对你刮目相看。"

老公说："老婆，万一你听到一些闲言碎语，千万别信，那是有人眼红，有人妒忌，有人不希望我当上领导，有人想通过女人的事，来达到他们的目的。"

我说："这个，老公你绝对放心好了，我不相信老公你相信谁呀？真是的，你所说的有关领导找女人的事，我听得多了去，你陪领导有时也会玩一玩，我能理解，尽管我心里在痛，但那也是没有办法的事，你说是不是？谁要我盼望着你当上领导呢！"

老公说："我一旦当上领导，会把你的课程调整一下，让你不用这么辛苦了，钱也会增多不少，还有孩子进名校的事，也能够顺利落入，不用这里求人，那里托人。"

我说："那当然好啊，我做领导太太了当然应该轻松点，你要知道我现在多累啊，我自己的课教好还不够，你的大部分课都是我在上，还有备课，还有批改作业，还有家里的一切……反正这些都没关系，只要你能解决孩子入名校的事，再苦再累我也心甘情愿。"

老公说："老婆，真不好意思，没时间跟你亲热了，应酬实在太多了，凡是领导们有的应酬我都有了，凡是领导们没有的应酬我同样有，当上领导可能会好些，不用这样方方面面都要应酬。"

我说："这有什么呀，想当初我们一天亲热两三次都是经常有的，现在没有正好养养身体，正好集中精力帮你写论文帮你批改作业。对了，你还是问问领导吧，什么时候能当上领导。当上领导了，我也得去买几件像样的衣服，否则会有失你的脸面，你说是不是？"

老公说："任命我当领导的文件明天下来，今晚得请领导们好好喝一顿，喝好后还得好好玩一顿，那个钱可能不够。"

我说："钱没关系，我已经从父母那里给你弄来了，打到了你的卡里，你放心大胆地请客吧。"

哈哈，我要成为领导夫人了，明天我应该穿什么衣服，还是好好搭配一下吧。我拎起一件，比了比，不行，放下了；又拎起另一件，比了比，又不行，放下了；我一直折腾到半夜三更，也找不出一套可以搭配的衣服，正叹息时，脑海里忽然灵光一闪：我是领导夫人，穿什么衣服都好看！

第二天，老公果真被任命为领导了，兴奋得我眼泪直掉。晚上，老公回家给我带来一份东西。我说："这是什么？"老公说："你看看吧。"我看了，原来是一份冷冰冰的离婚协议书。

老公说："我们好合好散吧。"

我说："为什么？"

老公说："她有孩子了。"

我说："她是谁？"

老公说："她是领导的情人。"

我说……我无话可说。

老公却呜呜地哭了。

领导的脚会数钱

我看到了，真的看到了，领导的脚在数钱，千真万确，绝对不骗你！我去领导办公室送文件，敲了敲门，听到领导说请进，我就进去了。让我感到意外的是，领导盘坐在桌子后面的地板上，用脚在数钱，一张、两张、三张……数得很快，比我手数得还快，看得我目瞪口呆。

领导问我："你看我数得怎么样？"我忙说："数得真快，真神奇，真是天下少有。"领导笑笑说："来，你也来试一试。"我连忙摆手说："不不不，我没这本事。"领导建议我说："你回家练练，练了后就觉得用脚数钱，真是奇妙无比。"

这个我信，不用练也信，用自己的脚数钱，一张、两张、三张，无数张地数，那肯定有一种飘飘欲仙的感觉，有一种天堂般的享受。

回到家，我让老婆给我一沓钱，学领导的样子，盘坐在地板上，脱去袜子。让脚指头数钱，可怎么努力也数不起来，数得满头大汗，依然没数上一张钱。

老婆见了哈哈大笑，还嘲讽我说："你这个神经病，你这个疯子，你这个傻瓜，脚怎么会数钱呢？你真的是想钱想疯了是不是？"

我沉下了脸喝道："你这个臭婆娘，给我闭嘴！告诉你吧，我们领导就是用脚数钱的！"我把领导数钱的事给老婆说了一遍，老婆这才很认真地问我："你们领导真的能用脚数钱？"我非常自豪地说："那当然，领导用脚数钱跟手数钱一样地快，一样地变幻莫测，真是太神奇了。前无古人，后无来者。"

老婆也学我的样子盘坐在地板上，可怎么努力，脚指头就是不听话，数不了钱。老婆问："你们领导数钱时是不是有窍门？"我想了想说："这个我不知道。"老婆当场建议："你今晚就去领导家，向领导请教。"

我眼睛一亮："对啊！"说完，我便整装待发。老婆提醒我说："你要用我们自己家的钱数，绝对不能用领导家的。"老婆把一大沓钱塞进了我的包里。

到了领导家门口，我按响了门铃。领导很热情地迎我进屋，还拍拍我的肩头说："今天是什么风把我们的大秀才吹来了？"我脸一热，连忙诚恳地说："我想跟您学用脚数钱。"领导乐呵呵地说："好啊，我也真想收个徒弟呢。"

领导让我学他的样，盘坐在地板上，脱去袜子。我连忙从包里取出钱，放在领导的脚前，领导轻轻地用脚尖碰了一下钱，这钱仿佛听到了指令似的，就动起来了，如同在快速地翻书，嗖嗖地翻着，直到把一本书翻完为止。

我从包里又取出一沓钱，学领导的样子，用脚尖轻轻碰了一下钱，钱动了一下，一张数过去了。我大喜："一张，一张，我数了一张了！"我的脚尖再次轻轻碰了一下钱，钱又数过去一张了，我又惊叫起来："一张，又一张了呢！"我又用脚尖轻轻碰了一下钱，钱又数过去一张了。

领导传授秘诀说："你先闭上眼睛，然后运气，把你身上所有的气都运到脚尖，让你的脚尖感觉是你的手指，对了，你还得有耐心，要慢慢练。"我点点头。领导又说："今天不早了，明天我要开会，你回家再去练练吧。"

我就这样回家了。回家前，我把钱全留下了。领导说："你把钱带走。"我说："反正还要来向您学习，就留在这里吧。"领导说："那随你便了。"

从那晚以后，我每隔两天去领导家向领导学习用脚数钱，经过九九八一趟虚心讨教，上万次的练习，终于学会了用脚数钱。当然，我用脚数钱的速度还没达到领导的地步。直到三年后，领导退居二线竭力把我推上一线后，我用脚数钱的速度跟老领导一样快了。

老领导不信，说："练到我这个程度起码也得十来年工夫。"我笑而不语，从包里取出一沓沓钱，说："谁数得多，钱就归谁。"老领导很赞同："好！"

我和老领导盘坐在地板上。我把一沓钱放在他的脚尖前，可老领导的脚尖怎么也不听话。我的脚尖如同验钞机在验钞票，哗哗地把钞票验进了我包里。老领导汗流浃背，还没数成一张钞票。老领导不耐烦，发火了，狠狠地一脚把钱踢得远远的。

老领导猛然起身，看也不看我一眼，就离开了单位，再也没来上班了。

流浪猫的爱情

我站在桥上送别主人，心里却在暗暗发誓："我也一定会去城里的！"就在这时候，我看到了桥那头孤苦伶仃的你独自站在那儿发呆。

我跑到了你跟前，问："你家主人的房子是不是被房产商收购了？"你看也没看我一眼，也不回答我的话。这让我非常不舒服。我再次问你："请问你家主人是不是也搬到城里去住了？"你还是没看我一眼，不过，我看到了你的泪水溢出了眼眶。

我劝慰你说："别怕，我们会过得很好的！"你这才看了我一眼，"喵"地叫了一声，然后对我说："好饿。"我忙说："我带你去吃东西。"主人给我留下了好多吃的东西，有鱼有肉，有饭有菜。

我领着你到了主人搬空的家，给了你所有好吃的东西，你轻轻地说了声"谢谢"后，就狼吞虎咽地吃了起来。我发现你的吃相一点也不淑女。

你吃饱喝足，就说："为了跟主人去城里住，我绝食了三天，可主人就是不带我去，我的心都碎了，我，我想到了死……"我说："我们完全有能力照顾好自己。"你含着泪说："可是，我真的舍不得主人啊！"我只好说："其实，我也暗暗地哭了。"这下你笑我了，"你真哭了？呵呵，真没用……"

我去打你，你就跑开了，我去追你，你跑得越快，我追到你时，你却站住不动了，你的眼睛牢牢地盯着我，好像在问我："你能保护我吗？"我停在你的面前也不动了，盯着你，心想："你放心吧，有我吃的就有你的，哪怕饿死也是我先死呢！"是的，我很想这样说，可嘴里却说："带你去个地方。"

那是主人家的阁楼，那里有一张小床，就是我睡的地方。你一见这张可爱的小床，眼睛一亮："哇，我也有这样的床呢！""是嘛，什么时候也带我去看看?”你一听我的话，眼睛的光亮就暗淡下来了，小声说：“主人卖了。”我心头一紧，忙劝慰道：“从今往后，这床就是你的床，这家就是你的家。”你眼睛亮亮的，惊喜道：“真的?”我断然地表示：“那当然!”

就这样，你在我家住下了，你很快活、很可爱，你很自由，当然，你也很美丽，真的，你的美丽来自你的温柔，你的心地。你好像在说：“我就是这样的呀，我就是我，难道你不喜欢我这样吗?”不，我喜欢，我真的喜欢，我要跟你在一起生活——一个属于我和你的家。

主人留给我们的食物会很快吃完的，我得先做准备，去野外找吃的。你也要跟我去，你问：“我们能找到吃的吗?”我说：“能!”我们每一次出去，都找到了食物，还能带一些回来。

要命的是，过不了多少天，开来了好多机器，“隆隆”的声音吵得我们心神不宁，特别是当机器推倒主人家的房子时，你哭叫着：“家，家，我的家啊……”我安慰你说：“没关系，家会有的，真的，我保证!”我终于决定去找主人，我反复想过了，哪怕主人不能留下我们，也会给我们弄个安身之处吧。

我就带着你出发了。出发前，我和你双双跪下，对着老房子叩拜了三下，然后，我们动身了。其实，那时候老房子已经变成一片废墟。

就这样，我们又饥又渴，跑了不知道多少时间，终于远远地看见高楼大厦了。你好高兴啊，你说：“哇，这么高的楼呀!”我很自豪地说：“是的，我家主人就住在二十五层呢!”主人曾经带我来过。

你却忧伤地说：“你家主人真好，带你来看过新家。”我连忙说：“我家主人就是你的主人了，我们还分谁跟谁?”你白了我一眼：“谁跟你一家了?!”说着，就假装生气地往城里奔去了。我惊喜，连忙追你而去……

可是，你在前面遇到了一只硕鼠——他手里竟然握着带电的棍子，一见你不但不跑，反而恶狠狠地迎上来，你反应敏捷准备反扑时，却被硕鼠的电棍重重地一击，你应声倒地，他又没头没脑地给你一闷棍。

我大叫一声，像箭一样扑过去，扑到你身上，用手一遍又一遍地抚摩你，“你醒醒，你醒醒……”我又用整个身子挨到你的身上，不停地蹭着，要把你拱起来。你还是不醒，我像疯了一样，叼着你拼命地甩啊甩，甩不醒你，就咬着你的尾巴，甩啊甩啊，还是甩不醒你。我一声“花花”

凄惨的叫喊，趴在你的身上哀号。

曾经在路上，你羞赧地问我："到了城里，你想做什么？"

我看着你深情地回答："我要向你求婚，我要和你在城里安个家，永不分离！"

心　痛

阿梅的心动摇了，准备赴赵副县长的约。赵副县长对她说的话，怎么也驱赶不走，“梅老师，只要你答应我，立马请你当副校长，我说话算话。”其实，这话赵副县长暗暗地对她说过好几遍。赵副县长每次来学校检查工作，都要阿梅陪同介绍。虽然赵副县长快五十岁的人了，但保养得很好，看上去也只有四十岁左右，更重要的是，赵县长的妻子长年卧病在床，听赵副县长说，要不了多少时间，就会离开人世。这一点也是非常吸引阿梅的地方，毕竟自己的老公李永和什么都不是，做着一个学校维护电脑的工程师，根本谈不上有出头之日。

待阿梅打车来到赵副县长指定的房间时，赵副县长披着睡衣在等她了。阿梅虽三十有五，但风姿绰约，气若幽兰。阿梅被赵副县长一把拉进了怀里，嘴巴被封住了，阿梅很被动地让赵县长亲着摸着，脑子里却反复地在想一个问题：“我这样做了，对得起老公吗？对得起儿子吗？如果对不起，那该怎么办？我不能再拒绝赵副县长了，可是……”阿梅的衣服被赵副县长剥得只剩下小内裤，阿梅被放倒在床上，赵副县长爬到了阿梅的身上……

阿梅忽然想起了跟李永和结婚时的承诺：“如果不再相爱，我们的心可以出轨，但离婚前身体绝对不能出轨！如果出轨，就不得好死！”阿梅猛地打了一个激灵，顺手把赵副县长从身上掀翻了下来，连声说：“对不起！对不起……”又连忙用被头包住自己裸露的身体。

“梅老师，你怎么啦？有什么事，请说吧，没关系的，我们来日方长，你说是不是?”赵副县长没有发火，而是很关心地问。阿梅的眼泪默默地流淌下来，边抹泪边诉说：“赵县长，对不起，待我离婚后，一定完完全全地给你，你想要怎样就怎样。”赵副县长说：“好的，我等你。”赵副县长拥住阿梅，轻轻地抱了抱，拍拍阿梅的后背说，“快回家去吧，别让儿子等你睡觉。"阿梅听了这话，一股热流暖遍全身，她很用劲地抱了抱赵副县长，就穿上衣服回家了。

阿梅回到家，儿子已经睡了，李永和还在电脑前工作，一见她回来，就说："饭局还丰盛吧。"阿梅随口应道："还行。"阿梅去会赵副县长，借口是说同学请她吃饭。阿梅在回家的路上已经想清楚了，快刀斩乱麻，跟李永和提出离婚，再不提，下次就把握不住自己了，其实面对赵副县长这样有成就的男人，要把握自己真的很难。

阿梅对李永和说："永和，你过来坐，我们谈一谈。"李永和放下手里的事跟阿梅坐在沙发上。阿梅问李永和："你说我们有多少时间没亲吻了?"李永和想了想："好像有一年多了吧。"阿梅问："你知道为什么吗?"李永和回答："我的嘴巴臭呗，你不喜欢。"阿梅忽然觉得李永和真单纯，心里有些酸，便说："你错了。""哪是什么呢?"李永和眼睛盯着阿梅。

阿梅想了想就回答："李永和，我是真心爱过你的，如果不是真心爱你，我也不可能跟你结婚是不是?"李永和有点摸不着头脑，问："阿梅，你怎么啦?"阿梅便如实地说："我不爱你了。"李永和呵呵笑了，"不爱就不爱呗，我们有亲情，有儿子，会跟以前一样好好过日子的。"阿梅说："李永和，对不起，我心里有人了。"李永和一听这话猛地跳起来："什么？你说什么?"阿梅含着泪回答："我心里有人了。"见李永和不回答，马上补充说："我一直遵守结婚时的承诺，身体没有出轨。"

不知道过了多久，李永和问："你想怎么做?"阿梅说："我想好合好散。"李永和无奈地说道："好吧，但儿子还是我们俩的，谁也不能丢下他不管。"阿梅含着泪说："我知道，儿子是我的心头肉。"李永和无奈道："什么时候去办手续?"阿梅说："你什么时候方便就什么时候去好了。"李永和想都没想说："明天吧。"阿梅应道："好。"

第二天，阿梅跟李永和很友好地离婚了，他们没有分割财产，没有在如何养育儿子上进行约定，他们只是分开了，不再是夫妻了，但生活上还是跟以前一样，除非阿梅要搬出去住。

当晚，阿梅做了很多的菜，跟李永和及儿子吃饭，还喝了红酒。阿梅想过了，待会吃好晚饭，就给赵副县长发个短信，要见见他，告诉他离婚的事。晚饭快要吃好时，电视台在播一条重要新闻：市纪委今天下午决定对赵明实行双规……这赵明就是赵副县长啊!

这条新闻阿梅听到了，也看清楚了屏幕上的字。阿梅整个人仿佛突然虚脱了，心是一阵阵地痛来，痛得她眼泪只好往肚子里咽。李永和的话也跟着钻进了她的耳朵——这赵明他妈的早该双规了，谁都知道，他贪了很多钱，玩了很多女人……

学习哥哥好榜样

老爸要我向哥学习，“你看看你哥，跟你一起上学一起放学，他是三好学生，你呢？不及格！”老爸狠狠地瞪我一眼，“还不快去看书！”我屁颠屁颠地逃出了老爸的视线。

哥是我的双胞胎哥哥，只比我早来到这个美丽的世界10分钟。就是这10分钟，他比我聪明，比我会读书，比我讨老爸的喜欢。有时我也在想，如果早10分钟来到这个世界是我的话，肯定也跟哥一样聪明一样会读书的。所以，我有时跟哥单独在一起，就对哥嚷嚷道：“哥，你别得意，如果我比你早来到世上，说不定比你的成绩要好得多。”哥看着我只是笑笑，什么话都没有说。这态度让我非常恼火。

哥考上县重点中学时，我只能到乡下一所民办中学读高中。哥安慰我说：“没关系，只要现在开始用功，考大学说不定比我还好呢。”我能信吗？我冷冷地说：“是嘛，哥。”哥见我的表情很丰富多彩，就不吭声了。

哥读书真的很好，基本上不用老师教，就能把作业做对，而我不行了，就算老师面对面教我三遍，也照样什么都不懂，以致后来老爸很泄气地对我说：“嗨，随你吧，想读就读，不想读就去找事做。”老爸这话说得让我很反感，难道我真的是这块料吗？我不！

高三的最后一年，我用功读书了，也读进去了，我竟然考上一个专科学校。这是万万没想到的，真的，我非常高兴！问题是，老爸并不高兴，“你看看你，一样花钱读书，一样的时间，你哥是重点大学提前批，而你呢，是……当然，你也很不错了，考上了专科。”老爸的冷嘲热讽气得我咬牙切齿，恨不得跟老爸去比比拳头。

专科毕业后，由于没关系，没有钱财可送，机关单位进不了，事业单位也没戏，只好去小单位打工。哥呢，本科还没毕业就被保送读研，哥却没去读研而是参加国考，考上了省级机关的公务员。这下子老爸开心得合不拢嘴巴。老爸对我说："你看看你，你哥跟你比，嗨，好好向你哥学习吧！"我当时很羞愧，真的，恨不得钻进地底下去。

我一气之下辞了工作，自己出来创业了。老爸得知后狠狠地抽了我一个耳光，还恨恨地骂道："你这个不争气的畜生！啊，我怎么生了你这么一个没头脑的家伙！你好生也有一个单位在干着，要不了几年你哥当官了，他就能帮你了。现在倒好，你把工作辞了，你让他以后怎么帮你?!"我知道，我进的单位虽小，但也是县局机关所属一个单位，如果有关系还是有希望进入局机关工作的。

我没话好说，捂住被老爸打痛的脸，冲出了家门，从此整整十年时间没回过家，倒是老妈时常来看我，劝我回去，我就是不回去。

对了，这期间，哥倒是见了好多次面，每见一次，哥的职务就提升一次，到哥 35 岁的时候已经是省级机关正处长领导了，能独当一面开展工作。大嫂是一位厅长的女儿，跟哥是同学，我见过几次面，长得真漂亮，真有气质。而我至今单身，女朋友倒有不少，就是不愿结婚，弄得老妈时常来唠叨："年龄不小了，差不多就行，那个芳菲不是很好嘛，只要你同意结婚，你老爸出钱帮你装修新房。"我对老妈说："我知道我知道，但我现在不想结婚。"

老爸让老妈带话来，"你看看你，你哥的儿子要上小学了，你呢，你只比你哥迟生 10 分钟嘛！"是啊，我只比哥迟生 10 分钟，为什么哥有的而我却没有？我真想不通。

好在接下来发生了一件让我扬眉吐气的事，我也仿佛看到了老爸狠狠地批哥的情景。哥，他出事了，被判了三年。我是怀着复杂的心情陪老爸去看望哥的。哥却跟没事似的，脸色红润，谈笑风生，穿的衣裳也不是囚服，根本看不出他是犯人。当时就让我很纳闷：哥怎么会这么悠然自得?!

老爸的话给我解开了谜团。老爸说："你看看你哥坐牢了，也有人服侍，不用劳动，编编报纸写写文章，还经常有监狱领导跟他商量事情。那个，他的长篇纪实小说就要出版发行了。你呀，给我长点头脑，好好向你哥学习吧！"

这不，哥出狱后成立了一家房地产公司，通过关系拿到了一块很好又很便宜的地，不到三年时间资产超亿了。尽管我经过十多年非常艰苦的创业，资产也已经超过千万，但哥永远是我学习的榜样。

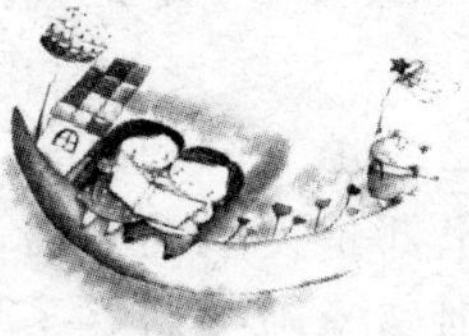

婚姻有效期

临睡时，阿强对老婆说：“阿婧，现在的药品都必须标明有效期了，没有有效期的药品到今年十一月底全部不能用了。”阿强在一家医院工作，做的是药师。

阿婧回答：“那多好，老百姓就不用担惊受怕配的药能不能吃，过不过期了。”

阿强很赞同地说：“是啊！”又忽然想到了一句话，“阿婧，你说，如果婚姻也来个有效期，你说会怎么样？”

阿婧不假思索道：“那肯定是天天如同热恋时一样，好幸福好快乐好甜蜜！”

阿强也顿时来了精神，“有道理，那我们也来试一试好吗？”

阿婧一听更兴致勃勃了，连声说：“好，好，这办法可行！”于是，夫妻俩再也无心睡觉了，便穿衣起床，商量制定婚姻有效期的办法，经过两人反复研究，终于制定出了第一份婚姻有效期的合约——

为了使婚姻每时每刻都处在热恋般的幸福甜蜜之中，特制订以下合约：

婚姻分为正婚姻和亚婚姻。

正婚姻是指在有效期内的婚姻。亚婚姻是指无有效期内的婚姻。

处在正婚姻状态时，夫妻俩必须保持当初热恋时的水准。

处在亚婚姻状态时，一方可以拒绝另一方的各种要求，但不能做伤害对方的事。

婚姻有效期为每三个月订一次，经双方同意可以续订，可以不订，也可以修订。

本合约一式二份，夫妻双方各持一份。

本合约解释权归夫妻双方。

下面就是阿强和阿婧的签名、手印，以及日期。

阿强和阿婧签订好这份合约时，已经是凌晨四点钟了，但他们的兴致正浓着哩，一点睡意都没有，眼睛里都是无限的柔情与爱意。早上起来，阿强给阿婧放好了洗澡的热水，阿婧给阿强做好了早点，还给阿强整理好衣服、包儿。

吃早餐时，两人还不时说一句“你真美”“我爱你”之类的话，两人完全沉浸在无限幸福甜蜜的爱情之中了。

当然要出门上班分别时，两人绝对不会忘记给对方一个吻，嘴里当然说着“亲爱的，路上小心，我爱你”的话，两人的目光相遇时当然是情意绵绵、难舍难分的。

“啊，婚姻有效期真好!”阿强在上班时尽管伸着懒腰仍这样由衷地感慨道。

“呵呵，婚姻有效期真幸福!”阿婧在上班时尽管打着盹仍这样赞美着。

晚上回到家，阿强从身后取出一束红玫瑰，含情脉脉地献给他亲爱的阿婧，阿婧也变着法子从包里变出了一瓶红葡萄酒，两人又同时情意绵绵、情真意切喃喃地说：“亲爱的，你休息休息，我这就去做饭。”

由于阿强和阿婧都想做，两人一番争执后终于商定一起做饭。菜好了，饭熟了，酒倒好了，音乐响起了。呵呵，在那柔和又温馨的灯光下，夫妻俩手拉着手，共进晚餐，一杯又一杯地干着杯里的酒，脸红了，人醉了，情更浓了……

“呵呵，婚姻有效期真快乐!”阿婧躺在阿强的臂膀里这样赞美道。

“啊啊，婚姻有效期真幸福!”阿强吻着阿婧这样深情地感慨。

甜蜜幸福日子就这样一天又一天地过去了，离三个月的时间已经过半了。

这天早上，阿强睁开眼睛时，意外地发现阿婧竟睁大眼睛看着天花板，阿强很心疼又焦急地问：“亲爱的，你怎么了？是不是身体不舒服?”便用手去试了试阿婧的额头。

阿婧却眼泪汪汪地说：“阿强，我不想要这个婚姻有效期了，我好累好累啊！我在你的面前不能撒娇了，不能挖耳朵了，不能说粗话了，不能看我喜欢看的电视了，我每天面对你要强装笑容，我怕你不高兴，我怕你会说我不美了，我真的好怕好怕啊！……”阿强怔怔地看着阿婧，忽然猛地抱住阿婧说，“亲爱的，你真好，你真是伟大！你说出了我想说而不敢说的话……”

等待天鹅

两年前，坪镇的一块湖泊地，意外地来了一群过冬的天鹅。

天鹅飞来时，并没有人知道。第二天凌晨，有人去湖泊打鸟时，发现了那数不清的洁白的天鹅。

人们奔走相告，很快，湖泊的周围就人山人海了。

坪镇政府领导去观看了这天上来客后，下了一道死命令：谁敢对天鹅动杀念，严惩不贷！并要求观看的群众尽快撤离，还派专门人员，阻拦群众去看天鹅。

那一年，天鹅在坪镇过了一个很快乐无比的冬天。

第二年，天鹅来时，又过了一个很美好的冬天。

更可喜的是天鹅的数量多了一倍以上。

到了今年夏天，天鹅还没有来，新上任的镇长就想出了一个绝妙的主意：举办一个天鹅节，把客商们的钱引到坪镇来投资办厂。

这个绝妙的主意得到了县领导的充分肯定与表扬。

坪镇的天鹅节的筹备工作就这样展开了。于是，坪镇从上到下都在为办天鹅节而忙碌着。镇里大兴土木，宾馆、娱乐场所都在很短的时间内拔地而起，镇里没钱，就向银行贷款。为了扩大影响，特意去请全国知名歌星。还把邀请书发到了海外，许多客商纷纷表示，一定前来观看，并表示只要坪镇条件许可，一定投资办厂。

一时间，当地的新闻联播里，天天都是坪镇的新闻。领导们来了，艺术家们来了，歌星们来了，客商们来了。他们有的是来检查工作的，有的是来探探路的，有的是来预订天鹅节那天的客房的，整个坪镇笼罩在节日的气氛之中。

要知道，这两年，天鹅在坪镇都是过整整一个冬天后才北归的。如此算来，坪镇光是游客接待收入，将会有上千万元。这是多么大的一笔意外财富啊！于是，坪镇的土地价格比县城里还高出百分之十。这就不用担心坪镇没有人来投资，来建楼、办娱乐场所了。大家都看好每年一个月的天鹅节。

坪镇的老百姓笑盈盈的，坪镇的领导笑眯眯的，来坪镇投资的客商笑呵呵的，将要来坪镇观看天鹅的旅客们也是笑嘻嘻的。

盼望已久的天鹅节终于拉开了序幕，县领导对着话筒庄严地宣布："我宣布，坪镇第一届天鹅节暨商贸洽谈会现在开始！"

顿时，锣鼓喧天，喇叭声声，坪镇湖泊四周人山人海。小贩的叫卖声，歌星的歌声，都被淹没在人们震天动地的叫声中了……

然而，天鹅却没有如期而至。但领导们不急，客商们不急，观看者也不急，他们坚信天鹅一定会来。

时间就这样在等待中悄悄地过去了。但没关系，晚上住在坪镇就是了。那天晚上的坪镇，家家都是饭店，家家都成了宾馆。来观天鹅的人，哪肯走啊！一碗方便面，卖到 10 元，一张椅子坐一晚可以收租金 20 元，一张双人床铺更是收了天价——1000 元哪！

坪镇的老百姓发了，坪镇的领导笑声满天飞。

第二天，天鹅没有光临坪镇。

第三天，天鹅还是没有光临坪镇。

一个月过去了，天鹅还是没有光临坪镇。

春天来临时，有人去坪镇的湖泊地，拾到了前年天鹅留下的几根羽毛。

有人看着这几根羽毛，叹息道："如果今年能来就好了，否则什么都白忙乎了。"

是啊，天鹅还会来吗？谁的心里都没底了。

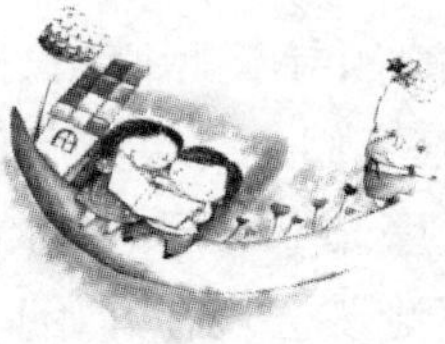

跟踪

阿紫曾经是我的女朋友。阿紫跟我分手了，我却不肯跟阿紫分手。阿紫说："无论你怎么想也没用，我绝对不可能再跟你好的。"我问："为什么？"阿紫回答得非常干脆，"我有男朋友了！"这话让我很伤心，让我恨不得把阿紫吃了。

阿紫从我的身边消失了，但在我的心里阿紫却牢牢地扎根了。阿紫以前是我女朋友时，在我的爱情领地里并没有占领多少地方。问题是，现在阿紫突然离开我了，反而让我觉得阿紫是多么美好多么珍贵。阿紫几乎把我的心灵之地全给占领了。这让我非常不能理解，当然也非常痛苦。

有一天，我忽然想，如果去跟踪一下阿紫会怎么样呢，可能也是一件非常有意思的事。再怎么说我也应该了解一下阿紫吧，万一阿紫被流氓之类的男人给毁了怎么办。

阿紫住在离我家两公里左右的玫瑰小区里。这个小区以前去过一次，那是我送阿紫回家，但阿紫没有让我进小区。阿紫说："现在我们的关系，正好送到这里。"我说："是不是以后向前发展了就可以送你进家门了？"阿紫说："是的。"我说："那好啊，我希望能早点送你进家门。"阿紫笑了，笑得很灿烂，然后说："我也这么想。"

谁知道，却没有以后了。这以后便跟阿紫分手了。阿紫跟我成了陌生人。

我躲在阿紫小区前面的树丛之中，等待阿紫的出现。一个星期后，阿紫没有出现，早上和晚上都没有出现。再一个星期后，阿紫依然没有出现。这让我开始怀疑阿紫是否真的住在这个小区。要知道，一般来讲连续半个月不出现在小区里，有两个原因：一是外出了，二是可能出了什么意外。我想应该还有第三个原因。这第三个原因是什么呢？

再一个星期后，我在街上遇到了阿紫。阿紫好像没看见我，只是朝我这边望了一眼，就往前走了。跟阿紫走在一起的还有一个男人。这男人像个乡下男人。阿紫跟乡下男人在做什么？难道是阿紫的……不可能！阿紫这么漂亮这么年轻，怎么可能跟乡下人呢？就这样，我快步跟过去了。

阿紫不见了，不过，那个乡下男人还在。他没进小区，好像是送阿紫到小区门口，然后就返回来。这乡下男人没有坐车，走在人行道上。看上去这乡下男人有些不高兴。我便跟踪这男人来到男人工作的地方。原来这男人是擦鞋的。

我大模大样地坐在男人的面前，让他给我擦鞋。男人很勤快，也很细心，把我的鞋子擦得干干净净，锃亮锃亮的。我很想问他一点什么，可是开不了口。因为不知道问什么话，也不好问什么话。我付了钱，男人对我说了声“谢谢”。我离开了男人，回头看了一眼，这男人正呆呆地看着我呢。

这男人为什么要看我？难道他认识我？我连忙别过头，往前走去。

我又开始躲藏在阿紫小区门口的暗处，或闲逛一下，我相信还是能等到阿紫的。这不，又是一个月后的午后，阿紫跟一位非常英俊的男士，有说有笑地走来了。这位英俊男士同样送阿紫到了小区门口，没再叫里面送了。阿紫很快乐地往小区内走去，还不忘回头向英俊男士挥挥手。那时候阿紫也是这样朝我挥挥手的。

英俊男士招手叫出租车了，出租车刚出现在英俊男士的面前时，忽然从远处的树丛中冲出一个人来，又向英俊男士冲过去，还没有到跟前，英俊男士已经上车了，车了嗖地往前开走了。

从树丛里冲出来的人只好眼睁睁地盯着出租车的后屁股的一溜青烟，狠狠地挥了挥几下拳头，好像嗨地叹息了一声，无力地放下了手臂。

我看清楚了，从树丛里冲出来的人就是那个擦鞋的男人。

忽然在我的脑海出现了一个男人，这男人曾经站在我的眼前，没头没脑地问：“你是阿紫的男朋友?”我当时呆住了，因为心里正在想刚认识的阿紫。阿紫真漂亮、真性感，做我的女朋友真好……

这男人见我没反应，就远远地盯着我，一动不动。

亚领导的故事

大年初六，好友老郑来拜年。酒喝到一半时，老郑说要讲个亚领导的故事给我听。我有些不解，问老郑什么是亚领导。老郑说你听完就明白了。老郑知道我写小说，见面时总要讲一些发生在他医院里的故事给我听——

那天市长胃溃疡出血，病情很严重，得切掉一半。经市长本人同意决定第二天做胃切除手术。市长请张院长亲自主刀。因为张院长是医院独一无二的外科主任医师。

确定张院长为主刀后，张院长却还在征求市长的意见，张院长说："市长啊，您是一市之长，对您的身体健康，我们要负最大的责任，但为了对全市人民负责，我们医院还是想请省里的外科专家来给您做手术，您看好吗？"

市长不同意，"你是外科主任医师，难道还切不了我的胃?!"

张院长忙表示："不是这意思，我是怕您担忧啊！"

市长很理解，又安慰张院长："我信任你！"

张院长一听这话，眼睛湿润了，顿时好感动。

听到这里，我有些不耐烦了，老郑的故事一点也没有新意。我调侃他道："你说这种一点不曲折生动的故事给我听做什么？你应该把这一年来听到的看到的新鲜故事讲给我听，这样我可以写出更新鲜的小说出来嘛。"

老郑却问我："你知道，张院长为什么要请省里外科专家来主刀吗？"

我摇摇头："这有什么大惑不解的呢？很正常啊！"

老郑摆摆手，道："你不懂，你真的不懂！"

我听着老郑的话，看着他的手势，有些好奇了："那你说啊！"

老郑却端起酒杯，目光如炬，说："来，干！"

我没法儿，只好和他喝了杯里的酒。

"那是因为张院长不会做手术！"老郑终于吐出事情真相。

这真的不可思议了，堂堂的外科主任医师竟然不会做胃切除手术，这不是天下最大的笑话吗？我不信，我真的不信！胃切除手术是很简单的一个手术嘛。

老郑说："我给你看张院长的简历，你就知道原因在哪儿了。"

老郑展开一张白纸，里面有几行字——

张院长简历

张进前，男，1960 年 3 月出生，医学硕士研究生，现为市医院外科主任医师、院长，在国内外医学杂志发表论文 30 多篇，其中国家级杂志 20 余篇，外国著名医学杂志 10 篇，出版医学专著 1 部，系中华医学会市医学分会常务副会长。

很有成就的一位医学专家啊！

老郑说："有如此业绩的外科主任医师竟然不会动手术，你知道为什么吗？"

我真的不知道这其中的奥秘在哪里，只是感觉到有些地方不太对头，但到底错在哪里我也说不清楚。

老郑恨恨道："他所有这些成绩都是我们医院很多医生给他做出来的。他当科主任时，他的大专文凭是我帮他考出来的；他当副院长时，他的本科是一位医大毕业生帮他考出来的；他当院长时，他的硕士文凭同样是一位分配到医院里的毕业生帮他考出来的；他的论文都是我们这些人帮他写的，帮他发表的。你知道他来医院工作前的文凭是什么吗？"

我摇了摇头。老郑说："他是 1976 年的高中毕业生啊！"

我无言以答，但我还是要问他："你们为什么要这样帮他啊？"

老郑眼睛湿湿地说："因为他是领导啊，我们不帮他行吗！"

话说到这里似乎可以结束了，但酒还得喝。于是我端起酒杯说："老郑，来，喝酒，别说他了。"

老郑却没有举杯，问我："我问你张院长给市长做手术没有？"

我想都没有想，说："肯定没有！"

老郑却说："你错了，他做了！"这下子我又目瞪口呆地盯着老郑："他敢做?!"

老郑苦笑道："在市长麻醉后、手术前，他故意先把自己的右手食指给做了。"

"哈……"我想笑却怎么也笑不出来，而更让我痛心的是老郑最后的话——

张院长用白纱布包着浸着血的手指立在市长的病床边，市长关切地问他："张院长，你的手指……"

医院办公室主任立即接应道："市长，张院长给您做手术时不小心把手指给弄破了。"

于是市长很心疼地说："哦，张院长，请你以后做手术时一定要注意小心些啊！对了，市委准备给你加更重的担子！"

张院长，不，现在是张局长了，嘴唇颤动着，两眼都是泪。

我也在流泪，却是在心里流啊！

我也终于明白了张院长，不，张局长就是亚领导啊！

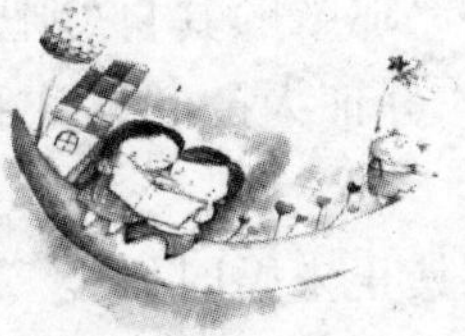

实名制恋爱

我要在天堂市跟夏荷谈一场轰轰烈烈的恋爱。夏荷告诉我，在天堂市谈恋爱必须实名制，需要办理很多证件。我说反正从小开始到现在都在不停地考证办证，多办几本证没什么大不了的。夏荷带着我来到了天堂市行政办事大厅，找到了恋爱办证窗口。

办证人问我们："你们谈恋爱要不要拉拉手？"我断然地表示："要啊，而且应该是非常亲密地拉。"办证人说："你们就需要办恋人拉手证。"我征求夏荷同意后说："那就办吧。"

办证人又问我们："你们谈恋爱要不要亲吻？"我断然地表示："要啊。谈恋爱不亲吻那算什么?!"办证人说："你们要办亲吻证。"我说："那就办吧。"办证人又说："恋爱亲吻证分为三个等级，第一等级是轻度的亲吻证，第二等级是中度的亲吻证，第三等级是深度的亲吻证。你希望办哪一等级的?"我说："我办……"且慢，我问："这三个等级的证全办了行吗?"办证人说："不行。"我问夏荷："你希望办哪个等级的亲吻证?"夏荷如实地回答："我也不知道，还没跟人谈过恋爱，不知道这恋人之间的亲吻是怎么样的。"我说："这就难办了，我也没谈过恋爱。"办证人警告我们说："如果你们亲吻时越过某个等级界线，那无处不在的摄像头就会自动启动，你们亲吻的镜头说不定还会传播到互联网上。"

这真是太可怕了！经过悄悄地讨论，我和夏荷达成一致的意见：办一张中度的亲吻证。哈哈，到时说不定还可以打个擦边球呢。我很得意地这样想。

处理好亲吻证，办证人表情非常严肃地对我说："如果，我是说如果，如果你们亲吻时控制不了自己的感情而往深处发展，你们说会这么做吗?"这个问题我当然明白，亲吻到深处，当然有生理的自然反应，当然有想做爱的想法。我不好意思直接回答，便问夏荷："如果，我是说如果，如果到了那种时候，你想怎么做?"夏荷脸红红的，很害羞地说："你想做什么我都答应。"说完就低下了头。

看这回答真聪明。我对办证人说："那就顺其自然吧。"办证人紧接着问："顺其自然的结果是怎么样的?"办证人的问话让我很尴尬，我不得不回答："做爱。"

办证人断然拒绝："不行，天堂市禁止未婚时做爱。"我不解。办证人解释说："天堂市的男人和女人，只有结婚才能做爱。"我试探着问："你说是天堂市的男人和女人之间如果想做爱的话，必须办理结婚证才可以做是吧。"办证人点了点头。

这天堂市的规矩真多！我只好求助夏荷："你愿意办这个证吗?"夏荷眼睛一亮："我当然愿意！"我对办证人说："那就给我们办吧。"

这样就好了，我和夏荷谈恋爱时可以拉手亲吻做爱了。正想拉住夏荷的手时，办证人却阻止说："你们现在还不能拉手。"我们感到很意外："还需要办什么证?"

办证人说："按照天堂市规定，男人和女人做爱是为了生孩子，如果不是为了生孩子而做爱，这是绝对不允许的。"我问夏荷："你想不想要孩子?"夏荷回答："想啊，当然想啊！"我对办证人说："那就给我们办吧。"这下子可好了，连生孩子的证都办齐了，我和夏荷总可以谈恋爱拉手了。

办证人再次阻止我们拉手，说："孩子证办好后，就意味着孩子要出生，那就要办孩子出生证，孩子出生后需要抚养，要办扶养证。孩子在成长过程中肯定会头痛生病，要办医疗保险证。孩子长大后要读书，就得办读书证，还有孩子长大成人了，还有恋爱结婚生子，所有这些证，你们现在都必须把它办好。"

听到这里，我已经非常痛苦不堪了，又只得小心翼翼地问："还有其他证需要办吗?"办证人说："还有你们会不会有外遇，会不会感情不和，会不会不爱对方了，这些都需要办证确定。"我问："如果不办证确定呢?"办证人回答："就不能办前面的证了。"我连忙追问确认："你是说，如果后面的这些证不办的话，前面我们连拉手的证都不能办了。"办证人非常肯定地答复："是的。"

我只好咬咬牙问："办理这么多证需要多少时间?"办证人回答：

“三秒钟就可以了。”办证人让电脑屏幕上跳出一张表格，这表格正是刚才所说的办证目录。办证人对我们说：“如果你们同意，请在屏幕上按下你们的手印。”

这手印到底要不要按啊？我和夏荷面面相觑，但为了跟夏荷恋爱，为了跟夏荷恋爱时能拉手亲吻做爱……我果然地按下了手印。电脑屏幕上立即跳出一行粗红的大字：这不是人类的手印！

美女在十字路口

他连续三天梦到在一个十字路口遇到了一位美女。这路口很陌生，他好像没到过这地方。美女深情地看了他一眼，妩媚一笑，然后往南走去。当时他很痴呆地望着美女的背影，想：这美女是谁呢？真漂亮，真让人喜欢！早上他醒来的时候，老婆也醒了，只是没睁开眼睛。老婆娇媚道："老公，抱抱嘛！"他就抱住了老婆。老婆喜欢醒来时让老公抱着再躺一会儿。

他去上班，走到小区的十字路口，看到了一辆停在路中央的宝马车。车里坐着一位披着长女的美女。美女摇下了窗，回头对他笑了笑，就发动车子往南开走了。他忽然想起来了，这车，这美女，他连续三天在这里相遇了。他想起了梦里在十字路口遇到美女的事。两位美女不像啊，一个是走路，一个是开着宝马车。

到了单位前的十字路口，这里人比较少，也没有红绿灯。他径直往前走去，遇到了一位从他单位里出来的美女。美女对他点了点头，还笑了笑，然后擦肩而过。他望着美女往南走去，忽然想起来了，这美女是他在这路口第三次遇到了，又是一个连续三天。他望着渐渐远去的美女，在想：太奇怪了，为什么呀？真是想不通啊！

这一天，他的工作很忙，也没有空闲来想梦里的美女，想小区十字路口开宝马车的美女，更没有时间来想单位门口十字路口遇到的美女。这三位美女长得不一样，但都很美、很年轻、很动人。直到下班要回家了，他才从单位里走出来。

他走到单位门口前的十字路口时，忽然看到了早上遇到的美女。美女来到他的跟前，温柔地说："我们走吧。"他很吃惊地看着美女，没有动身要走的意思。美女拉住他的胳膊说："快走啊，要迟到了。"他这才镇静下来，问："迟到什么呀?"美女娇嗔道："去看电影啊。"他问："什么电影?"美女说："嗨，你真是忙昏头了。"他看着美女往下说，"三天前你就答应我了，要陪我去看一场电影的，你还说你很多年没看电影了。"

他真的想不起来了，不过，他倒是真的很多年没看电影了，想想去看一场电影也好，有美女陪着也是一件美好的事。电影很惊心动魄，讲的是人类快要灭亡时，地球上突然降临了一种神奇的力量，让人类瞬间转移到第三空间里去了。这电影故事让他忽然想到了一件事：这传说中的第三空间难道真的存在?

看完电影，美女挽着他的胳膊走到电影院前的十字路口，"我要往那边去，你不用送我。"美女不等他同意不同意，就往南走去了。他痴呆地在站在十字路口，望着美女的背影，想：我难道遇到仙女了?

正这样想着，一辆车子停在了他的眼前，这车子很眼熟，驾驶员是个美女，也眼熟，对，想起来了，就是在小区十字路口连续三天遇到的车和人。他有点纳闷，也有点兴奋。让他兴奋的是，这三天连续遇到了美女，甚至在梦里也是。让他纳闷的是，为什么会遭遇到美女?难道这些美女都跟我今后的人生有关?

宝马车上的美女摇下窗户，对他妩媚一笑，说："上车吧。"他看了一眼美女，又看了一眼车。有了前面美女陪他看电影的事，现在坐美女的车也感到不意外了。于是，他坐在了副驾驶的座位上，系上安全带。

一路上，美女没有对他说过一句话，专心开车，直到车到了小区的十字路口，才说了一句话："到了，请您下车。"他说了声"谢谢"，然后下车了。下车后，美女朝他挥挥手，车子往南开去。他望着车后的红灯，就想：她又是谁呢?怎么会来送我?应该是特意来电影院前的十字路口接我的，难道跟陪我看电影的美女是一伙的?她们为什么要这样做呢?动机是什么?难道其背后有可怕的阴谋?

想到了这里，他快速地往小区里走去，到了家，心里依然很不平静。他又不敢把这几天特别是今天的遭遇讲给老婆听。他悄悄地躺在老婆的身边，脑海里全是陪美女看电影坐美女的车回来的镜头，到了快天亮时才睡去。他又做梦了，又在十字路口见到了美女。美女依然朝他妩媚一笑，依然深情地瞧了他一眼，却没有往南走去，而是停住脚步很温柔地问他："先生，您还认识我吗?"他好像回答了说认识，又好像没回答，具体的细节，他怎么也想不起来了。

他醒时，老婆也醒来了，只是没睁开眼睛。老婆娇媚道："老公，抱抱嘛!"

青蛙的婚姻状况

失忆人来到机关大楼，东找找，西问问，心里很着急：“这位领导在哪呢？”他事先通过电话说要来接领导，领导说好。

有个人过来问：“先生，请问你找谁？”失忆人忙回答：“找一个胖胖的领导，他在电话里说，让我来找他。”那人问：“这楼里胖胖的领导很多，你找怎样的胖胖的？”失忆人想想就回答：“胖得有点不太走得动路的。”那人说：“这里胖得不太走得动路的领导很多，你想找怎样的走不太动路的？”失忆人想了想又回答：“他坐车都是让身子移进车子里去的。”那人说：“把身子移进车子里去的领导很多，你到底想找一个怎样移法的领导？”失忆人想了又想，回答：“移进车子后会喘气的，哦，是喘得很响的那种。”那人又说：“喘气喘得很响的领导很多啊，不知道你想找一个响到什么程度的？”失忆人想了半天，还是回答不出这个问题。那人便开导他：“是不是响到轻音乐的程度？”失忆人摇了摇头，回答：“不是。”那人又问：“是不是响到播放流行歌曲那样的程度？”失忆人想了想，回答：“不是。”那人又思忖着问：“是不是响到如同交响乐似的，那样有激情，那样有共鸣？”失忆人想都没想就回答：“不是的，不是的。”那人还是很耐心地问：“先生，你请坐，我给你倒杯水，你慢慢想，好吗？”失忆人连声说“谢谢”，接过茶水，正要喝时，脑海突然跳出三个字：像青蛙！

“对，像青蛙，就是像青蛙那样喘息！”那人听了失忆人的话，眼睛一亮，“你说得太好了！”又很有兴致地问，“他真的是像青蛙那样喘息吗？”失忆人响亮地回答：“是的，是的啊！”那人便问：“那青蛙是田里还是山里的？”失忆人想了想，回答：“应该是田里的吧。”那人便又问：“是旱田还是水田的青蛙？”失忆人想了又想，回答：“应该是水田里的吧。”那人便严厉说：“你怎么能这样说呢？是就是，不是就不是。你再说一遍，青蛙到底是水田里的还是旱地里的?”失忆人胆怯地看着那人，只好轻声地回答：“水田里的。”那人再次严厉道：“请你说得大声点儿!”失忆人这才伸了伸脖子，大声地回答：“水田里的!”听了失忆人回答，那人呵呵笑了，笑过后，又问：“这水田里的青蛙是公的还是母的?”失忆人一下子被问住了，青蛙会叫的是公的还是母的，这倒没想过。

那人见失忆人不吭声了，便说：“先生，你慢慢想，想好了再告诉我。”失忆人忙点点头，并请求说：“请让我在电脑里百度一下好吗?”那人爽快地说：“好啊。”失忆人便上网了，百度搜索会叫的青蛙是公的还是母的问题，结果很快出来了。失忆人快活地叫起来：“我查到了，查到了，会叫的青蛙是母的!”那人当场祝贺：“恭喜你，你答对了!”还跟失忆人握了握手。失忆人松了一口气，呵呵笑了。那人却又问：“请问先生，你说这母的青蛙是年轻的还是年老的?”失忆人想都没多想就回答：“当然是年轻的啦。”那人问：“为什么一定是年轻的呢?”失忆人回答：“年轻的才能叫得这么响嘛!”那人满意地笑了，笑过后非常严肃地问：“这年轻的母青蛙结过婚没有?”失忆人想了老半天也想不出来，脸慢慢地红了。那人便安慰失忆人：“没关系，你回家后好好想想，想到了再来回答，好吗?”失忆人觉得那人真通情达理，真有耐心，真好。

回到家，肖医生问失忆人：“你找到领导没有?”失忆人却问：“请问年轻的母青蛙未婚已婚如何区别?”肖医生满脸狐疑地看着失忆人，眼睛瞪得大大的：“你得神经啦?”失忆人抓耳挠腮地道：“这问题，真难!”

爱好骂人

周末，失忆人接到张主任的电话，说请他喝酒，在国际大酒店。张主任见了面就直截了当地说：“你每周都来狠狠地骂我一顿吧。”失忆人说：“你这是哪根筋出问题了？”张主任显得非常坦诚，回答得很认真：“你现在就可以骂我了，当然，声音轻一些，别让他人听到。”失忆人还是不能理解，问：“我用什么样的语言都可以？”“当然，只要你能骂得出口的。”张主任毫不犹豫地说。于是，失忆人就骂了：“你这个臭主任，你，你是个连猪狗都不如的家伙！”张主任挨骂后竟呵呵笑了，边笑边说：“这也算骂啊，太没劲了。”失忆人眼睛盯着张主任问：“当真要我狠狠地骂你？”张主任回答：“当真！”“张主任，你是猪，一点用都没有，你的儿子是别人的，你老婆偷男人……”失忆人骂人的感觉刚刚出来，张主任猛地站了起来，怒气冲冲地离开了。失忆人目瞪口呆地望着张主任的背影，心里忽然好自责：我怎么能这样骂他呢？张主任那个儿子一直是他的心病，他怀疑儿子不是自己亲生的。

过了一会儿，张主任竟然乐呵呵地回来了，还对失忆人说：“对不起，刚才我不应该生你的气。你无论怎么样骂我，揭我的短，我都不应该生你的气。”这话让失忆人更是感到意外，难道张主任真的神经出问题了？失忆人说：“张主任，算了吧，我不想骂你了，就当什么话都说过，好不好？”张主任不答应，一定要让失忆人继续骂他，还说如果不骂他，他就要找失忆人算账。从那天以后，张主任每周末都要来请失忆人喝酒，失忆人也懒得去想是为了什么要骂他。

有一天，失忆人骂他很凶，骂得他狗血淋头。“张主任，你这个家伙，你以为你是谁啊，你父亲为了养你，砍了多少捆柴卖，挖了多少担沙石卖，你知道吗？你是吸父母亲的血汗长大的！现在呢？你每天都花天酒地，每天都无所事事，你醒醒吧，你他妈的还算是我的朋友吗？我真的是瞎了眼!”失忆人骂着骂着，就动了真感情。“张主任你是学校一名副主任，不好好地为老师学生服务，整天一张报纸一杯茶过日子，还经常给老师学生增添麻烦。”张主任一言不发，只过了一分钟，张主任的脸色就恢复正常了。张主任对失忆人说：“骂得好！我就是这样的人，你继续骂吧。”那晚，从端起酒杯开始，一直骂到喝光了一瓶白酒，失忆人把内心对有些当官者的不满情绪，都当着张主任的面发泄出来了。张主任坦然接受：“不错，你比上次骂得深刻。”不过，失忆人还是纳闷：这张主任到底想干什么?

一个月后，答案终于出来了。那个周末，张主任照例请失忆人喝酒，举起酒杯就感慨万端地说：“由于经常挨你骂，我终于经受得住领导的骂了，谢谢你!”原来张主任经受住了领导的骂，当上正主任了。失忆人如梦初醒，脱口骂道：“短命的张主任，不得好死的张主任，你去死吧。”“骂得好!”张主任竟然很开心，还请求失忆人，“下周，你还得骂我。”失忆人说：“你不是已经当上主任了?”张主任说：“我不是还想当副校长嘛。”失忆人笑了，真正地发自内心笑了。因为失忆人骂人也骂上瘾了。

周末，张主任没有按时来电话请失忆人喝酒，这让失忆人全身感到不舒服。于是，失忆人给张主任打电话，问：“你怎么忘记请我骂你了?”张主任说：“我没有忘啊，在等你电话。”失忆人非常纳闷儿，问：“为什么?”张主任呵呵笑了，说：“等你请我喝酒骂我啊。”失忆人明白了，张主任知道失忆人骂人骂上瘾了，原来他在利用失忆人。失忆人强忍着内心的不满，只好无奈地说：“好吧，今晚算我请你好了。”说完，失忆人精神一振，神采飞扬地出门去跟张主任会合了。

到了张主任办公室门口，他正拍着桌子在大声训斥下属：“你真是个猪脑子啊！有你这么笨的，真他妈的连猪狗都不如……”

救人救己

失忆人走了很长的时间，终于看到了一个村庄，他又喜又惊，忽然听到从远处传来呼喊声："救命，救命哪！"失忆人当即奔过去。就在他奔过去时，已经有很多人奔过去了。失忆人被远远抛在了后面。待失忆人靠近时，有很多人"扑通、扑通"地跳进塘里救人。失忆人很感动，可是，失忆人发现岸上只有他一个人，凡是来救人的人都跳进水塘里了。失忆人很纳闷儿："这救的是什么人？用得着要这么多人救吗？"正这样想着，有人拍了一下他的肩头，道："你为何不下去救人？"失忆人回答："救人的已经很多，我在岸上拉他们一把。"这人没回应失忆人的话，衣服也没脱就跳进水塘里去了。

水塘里的人越来越多，不时有人跳进水塘里救人，没多长时间，村里男女老少都跳进水塘里救人了。电视台记者来采访时，村长刚好从水塘里把最后一个人拖上来。失忆人便接应落水者上岸并把他安顿好。

漂亮的女主持人问村长："请问，今天有多少人参与了救人活动？"村长非常自豪地回答："除了生病的和走不动路的，全来了！"女主持人问："这是你发动的还是自发地来救人的？"村长回答："当然是自发来的啦！"

女主持人转过身来问失忆人："请问一下这位先生，你的衣服怎么没湿？"失忆人回答："我没有跳进水塘里救人。"女主持人显得非常吃惊："什么，你说什么？你没有下去救人？"失忆人回答："是的，我没下去。""这太不可思议了，真是太不可思议了！"女主持人又问失忆人，"你为什么不下去救人？"失忆人回答："我看水塘里救人的已经很多了，所以没有下去救人。"女主持人更感到意外了，以埋怨的口气说："你怎么能这样呢？你知道不知道，下去救人的人有好多人是不会游泳的！"失忆人非常不解："既然不会游泳，为何还要下去救人？"女主持人说："我告诉你，今天跳进水塘里救人的有一半以上是不会游泳的，但他们都做出了非凡的英勇创举。”失忆人很惊讶，很感动。女主持人很动情地说：“正因为有他们这种不怕死的大无畏精神，才会有今天我们村里的和谐社会。正因为有一人有难百人相救的情景，才会有这种可歌可泣终生难忘的场面。”失忆人自愧不如，愧疚地低下了头。女主持人又问：“如果水塘里有一个人在喊救命，你会不会跳下去救?”失忆人一时很难回答，如果自己很会游泳，当然会马上跳下去救人，问题是不太会游泳啊！女主持人见失忆人不语，便问：“你是不是很难回答?”失忆人马上回答：“不是的。”“那你告诉我，你会不会跳下去救人?”女主持人说。失忆人如实相告：“我不太会游泳，要看实际情况。”他在龙城救人救怕了。女主持人却问：“难道你没有救人的念头?”失忆人断然回答：“有!”“这就对了，既然有救人的念头，就应该跳下去救人。”“可是，可是……”失忆人还没有说清楚，话头就被女主持人打断了。“你现在就跳下去救人吧。”失忆人惊愕：“这，可是人都已经救上来了啊!”“是的，人刚才已经救上来了，但你没有参与。”失忆人争辩说：“我参与了，在岸上拉落水的人。”女主持人说：“这不能算的!”失忆人指着水塘说：“可水塘里没有人啊!”女主持人说：“你就当有好了。”“可是，可是……”女主持人严肃道：“如果不跳下去救一回人，你今晚别想进我们村!”村民们身体湿淋淋地围住失忆人，表情非常严肃，拳头捏得紧紧的。

失忆人一步一步地退到了塘边，回头望了一眼浑浊的水面，双脚就滑进了水塘……村民们争先恐后“扑通、扑通”地跳进水塘去救失忆人。晚上，失忆人跟村民们一边喝着酒，一边欣赏着电视。电视里正在播放全村人救他的感人场面。失忆人看得眼泪都出来了，便大喝一声：“这救人，真好!”

红包记忆

失忆人被轰出了郑村，心里很气，可又没办法，只好继续寻找他的记忆。到达陈村时，刚好遇到村长的儿子结婚，失忆人包了一个红包亲自送去。村长连声说“谢谢”，请他晚上去喝喜酒。失忆人答应了，回到旅社，就等着天黑去喝酒。

不一会儿，村长带着人来了，失忆人马上迎出去。村长递给失忆人一个红包，冷冷地问：“这红包是你送的吗？”红包上面写着“祝福新郎新娘新婚大喜，幸福美满”的字样，还有他的签名。失忆人回答：“是的。”村长脸一沉，手一挥，喝道：“你找死！快给我打，狠狠地打！”失忆人还没有弄明白是怎么回事，就被按倒在地，好一顿毒打，打得失忆人痛哭失声，失忆人拼着命叫喊：“我要去告你！我要去告你……”村长丢下一句话，扬长而去：“你去告啊，哼！”失忆人好委屈，好端端地给村长送红包道喜，却挨了一顿打，真是冤枉！他强忍着伤痛跌跌撞撞去村里的警务室报案。

失忆人向警察诉说了刚才的遭遇，要求警察去捉拿村长。失忆人说：“我好心好意送他红包，他竟然打我。”警察问他：“你不是本地人吧。”失忆人回答：“是的。”警察又问他：“你送给村长儿子的红包能不能让我看看？”失忆人掏出红包，警察接过去拆开一看，就说：“你活该挨打！”失忆人不解：“为什么？”警察却严厉地喝道：“你给我滚出去！”失忆人身体一抖，连忙逃了出来。在院子里，有个中年人问他：“你怎么啦？”失忆人便说了事情经过，中年人给他出了一个主意：“你去给警察送个红包。”失忆人为难地说：“可我身上没有红包。”中年人从口袋掏出一个空红包交给失忆人，嘱咐他：“你身上最好多带几个红包，现在流行送红包。”失忆人很感激，连声道谢。

失忆人再次走进警务室，送给警察一个红包。警察呵呵笑了，说：

“你等着，等会办你的事。”说着就去了里屋。失忆人心里却是恨得要命：“天下怎么有这种腐败警察?!”不一会儿，警察出来了，虎着脸，手里提着一根电警棍。失忆人一看架势不对头，连忙往外跑。“给我站住，看你往哪里跑!”警察快步追上了失忆人，一把抓住失忆人的衣领，顺势一转，就把失忆人按倒在地。失忆人还没反应过来，电警棍已经在亲密接触他的屁股了……

失忆人拐着腿出来，一屁股坐在院子里，低头流泪，心里的痛比身体上的痛还痛。他怎么也想不到两次送红包，两次挨打，这世道到底怎么啦？中年人来到他的身边，关切地问：“先生，你怎么啦?”失忆人狠狠地瞪了中年人一眼，埋怨道：“都是你，让我送红包给警察，这下子好了，他用电警棍打我!”中年人也感到很意外，问：“你送警察的红包还在吗?”失忆人从口袋里取了出来。中年人打开来一看，就说：“你不能送这样的红包。”“为什么?”失忆人问。中年人说：“一时跟你也说不清楚，你快拿我的红包给他送去。”中年人从口袋里摸出两个红包，说：“你让警察把另外一个送给村长。”失忆人看中年人没有恶意，就收下红包，再次走进了警务室。警察验证过红包后不但不骂他，反而亲自打电话让村长过来。

过了一会儿，村长来了，向失忆人道歉个没完，说不应该打他，请他原谅，还请失忆人去喝喜酒。就这样，失忆人喝了三天三夜的喜酒。在出村的路中，又遇到了那个中年人。失忆人问他：“你送我的红包，里面包了多少钱?”中年人笑而不语，从口袋里掏出一个打开，抽出了里面的东西。失忆人看得眼睛发直：“这，这就是你包的红包?”中年人点点头，说：“现在流行送这个。”展现在失忆人眼前的是一沓与百元钞票相仿的纸，对，就是洁白的纸!

桃花源找缺点

失忆人缘溪而行，忘路之远近。忽逢桃花林，夹岸数百步，中无杂树，芳草鲜美，落英缤纷……这里是哪儿啊？怎么跟陶渊明《桃花源记》中描述的一模一样：复行数十步，豁然开朗。土地平旷，屋舍俨然，有良田美池桑竹之属。阡陌交通，鸡犬相闻。每家每户都要请失忆人去做客，非常真诚，非常随意，一点也没让他有陌生的感觉。正是“问所从来。具答之。便要还家，设酒杀鸡作食”。

不过，饭后，主人会对失忆人说：“先生啊，您给我们家找找缺点吧，对了，给哪个人找都行！”言之凿凿，一点虚假都没有。失忆人连忙回答：“我刚来，还看不出你们有什么缺点。”主人便说：“那好，您找到缺点了，无论如何要说，我们会改好的。”失忆人真的有些不习惯：现代人都喜欢张扬，喜欢给自己包装，喜欢在放大镜下找优点，哪里还有让别人给自己找缺点的？闻所未闻！失忆人还参加了村民大会。村长汇报了本月寻找缺点的进展情况。村长说：“这一个月来经过大家的共同努力，我们共找出108条缺点。在这些缺点当中，有些还比较严重，有些还是由于作为村长的我管理不善造成的。”村长就108条缺点逐条进行剖析，比如有一条是这样的：那天来了一位过路的老人，他口渴了，我给他一碗水喝，可我不是用双手捧给他喝，而是用一只手很随意地给他喝了，一点也没敬重老人家的意思。

失忆人感到很意外很新奇，问身边的人：“这样也算缺点啊？”身边的人白了他一眼，不屑地说：“那当然，就是在有人的地方你放个响屁也是缺点。”失忆人正想应和时，身边的人却非常坦诚地向他道歉：“对不起，刚才我不应该白您一眼。这是我的缺点，一直没改掉，请您批评，请您教导。”眼睛里湿湿的，泛着泪光。失忆人连忙摆手，“没关系，没关系。”又问身边的人，“这真是缺点吗？”身边的人连忙点头，说：“您想啊，人与人之间是平等的、友好的。在我们村里，无论才高八斗，还是大字不识，都是平等的，都是村里的一员，都是喝同一口井水长大的，都应该以和相处，以贵相待。”失忆人感觉到了，无论走到哪里，那里的人都很客气，都会友好地请他到家里坐坐，请他喝茶，请他吃饭，还要请他找缺点，他们所做的一点也没有虚假的感觉，一点也没有不耐烦的表情，都是发自内心的，都是真实心理的表现。

失忆人被村长请去了。村长问失忆人：“您说我们村富不富？”失忆人很肯定地点点头，说：“富，富得流油。”村长又问失忆人：“您说我们村美不美？”失忆人断然地点头，说：“美，美得像桃花源。”村长再问失忆人：“您说我们的村民好不好？”失忆人很认真地回答：“好，像一家人一样。”村长很自豪地说：“这就是我们全村人找缺点的收获！请您也给我们村找找缺点吧。”找缺点真好，找缺点真奇妙！失忆人很感动，很想马上找出缺点，可怎么也找不出来，只好告别村长。

村里有几个加工厂，加工的货物都是村里自产的，大多是一些山珍，做得原汁原味，包装也很精致。村里劳动的人分成几类，有务农的，有加工的，有外出跑买卖的，安排得很规范，很科学。失忆人问一位村人：“你们为何老是让人找缺点，村长的工作汇报中，没有成绩只有缺点，这是不是太那个了？”这个“那个”的含义，故意没说透。村人回答：“这位先生有所不知，这找缺点是我们全体村民投票设立的。”失忆人很惊讶：“为什么要投票设立找缺点？”村人却反问道：“您说呢？”失忆人无言以对，他真的不知道如何回答。

许多天以后，失忆人用心给村里找了18条缺点，对每一条缺点，都作了详细的说明，其中最后一条缺点是：你们老是让人找缺点，就是很要命的缺点！失忆人是悄悄离开的，他又想起了陶渊明的《桃花源记》：芳草鲜美，落英缤纷。复行数十步，豁然开朗。土地平旷，屋舍俨然，有良田美池桑竹之属。阡陌交通，鸡犬相闻……失忆人由衷地感慨道：“这找缺点还真好！”

真话测定仪

从市长那里回来，唐宋问秘书：“你说什么叫真话?”

秘书想了想，回答：“真话就是发自内心的话，没有半点虚假的成分。”

唐宋又问秘书：“那你说什么是空话?”

秘书想都没想就回答：“空话就是毫无意义的话，说了跟没说的一样。”

唐宋再问秘书：“那你说什么是套话?”

秘书随声就回答：“套话就是跟着别人的话所说的话，也称传声筒。”

唐宋表示赞同，对秘书说：“现在老百姓对空话套话很反感。市长要求我说真话，问题是，什么样的话才算真话？这标准在哪里？谁有这个权力来定？嗨!”

秘书脑子一转就建议说：“唐局长，我们请教授做个真话测定仪好了。”

唐宋眼睛一亮：“你快说下去。”

秘书顺着思路往下说：“这真话测定仪，主要是测定领导同志的报告，局长您想啊，领导的报告当中真话的含量非常重要。这也是老百姓最为关注的事。”

唐宋认为非常有道理，当场拍板，请本市首席教授张侃老先生研制真话测定仪。

唐宋亲自去张教授的研究所。张教授一听唐宋的来意，就说：“唐局长，你这个想法很好，这方面的科研项目我也正在研究。这样吧，我们共同探讨。”

唐宋大喜，握住张教授的手说：“这太好了，真是太好了!”

两个月后，张教授的真话测定仪研制成功，请唐宋去测试。

唐宋带着一份经过精心修改过的报告，放进了真话测定仪，结果却是：真话占 20%，空话占 40%，套话占 40%。

唐宋大惊："这怎么行呢？这报告我要代表管理局发言的。"

张教授说："你别急，我给你看这份报告。"这也是一份局长的报告，前一段时间做的。报告经真话测定仪测定后，结果是：真话占 25%，空话占 40%，套话 35%。

张教授说："这说明现在的报告大多是这样的。唐局长，你不必紧张。"

唐宋让秘书当场修改。唐宋对修改稿审核了三遍，确认句句是真话，字字值千金。

张教授接过报告就让真话测定仪测定，只一会儿工夫，结果就出来了：真话占 40%，空话占 30%，套话 30%。

唐宋还是不满意，"怎么还是这样啊？"

张教授说："真话提高一倍，已经很不错了。"

唐宋命令秘书："修改，修改，一定要达到 100%！"

秘书听命，又当场修改。修改后测定，结果真话到了 60%。

唐宋再命令秘书修改，修改后再测定，真话已到 80%。

唐宋表情严肃地对秘书说："最困难最兴奋的时刻要到了，我们加把劲。"

秘书按照唐宋的要求，进行第五次修改。从原来的 1 万字的报告，修改到不足 2000 字。这样的报告实在是太精练，太有水准了。全是骨与肉，没半点水分。

面对这份报告，唐宋非常自信地说："这报告肯定能达到 100%。"

果然不出所料，经过张教授亲自操作，真话测定仪三次测定：这份报告的空话为 0%，套话为 0%，真话达 100%。

"我们成功了，成功了啊！"

唐宋感慨万端，握住张教授的手，连声说："谢谢！谢谢！"眼睛都湿了。

唐宋怀带着这份非常珍贵的报告，走进了会场。他满怀激情地向与会者作了报告，每一个字每一句话，都是从心底里流出来的，情真意切，充满自信。何况今天的听众又非常特别，全是老百姓。唐宋还特意做了一个民调，让老百姓听完报告后，现场打分。

民调数据很快统计出来，结果是：真话占20%，空话占40%，套话占40%。

“怎么会这样？真话测定仪测定不是有100%真话吗？”

唐宋瞠目结舌，百思不得其解。

2222年仲夏的水

有一个声音对我说："你将是最伟大的，人类的生命因你而改变。"

我是谁？我是魔鬼，我化作了微生物，飞抵龙城上空。我要做一件惊天动地的事。这件事就要发生了……

张老汉是龙城年纪最大，又是每天起得最早的人。张老汉开了一家手磨豆腐店。这不，他早早地起床后，去搬昨晚浸泡的黄豆。可张老汉面对浸泡黄豆的水桶突然呆住了。原来，浸泡黄豆的水都成了糨糊状。

张老汉颤抖着将手伸进了桶里，这糨糊状的东西，软软的，滑滑的，张老汉抓了一点凑近鼻子闻了闻，却有一股淡淡的酸味。嗨！张老汉叹息了一声，一屁股坐在凳子上发呆。在他的脑海里还没有这样的记忆。

张老汉忽然又想起了什么，忙奔向水池。水池里同样是一池糨糊状，抓起来看看又闻闻，和浸泡黄豆的水一样，酸酸的。张老汉又去开自来水龙头，结果滴下几滴糨糊状的东西。

张老汉奔出屋外，直奔河边，借着路灯光，终于看清了，整条河如同三九腊月天全封冻了似的。张老汉不信，下到了河里，淹埋膝盖的同样是糨糊状的东西。

张老汉坐在河边，低着头，心里异常痛苦，直到红日冉冉升起时，才吐出一句话来，声音也发颤了："这一天，终究还是来了！"

这是2222年仲夏的一天清晨发生的事。

河边已经聚集好多人了，他们都是从家里奔出来，目光都非常忧虑，表情更是几分恐惧几分困惑。众人见张老汉也在，纷纷围到他的身边。但谁都不敢吭一声——张老汉是城中最德高望重的长者。

这时候，太阳染红了整个城市，热浪一阵一阵地袭来。

那些城市的管理者也来了，脸部表情同样是严肃的，没有半句话。

张老汉忽然站起来对周围的人说："祭神！"

众人立即散开，给张老汉让出一条道来。张老汉目光炯炯有神，表情非常庄重，大步地走向张姓祠堂。

祭神活动正式开始了，神圣而庄严。锣鼓已经敲响，喇叭已经吹响，众人已经跪倒在地。张老汉身着祭神服装，非常虔诚地跪在神台前。之后，抬头，一字一句地诵读祭语，声音苍凉悲壮——

神灵在上，万物在下；
七月流火，龙城断水；
百姓疾苦，心急如焚。
城之根本，人之源也；
人之根本，水之源也；
水之根本，人之源也。
……

看到这里，我得意忘形，仰天哈哈大笑："我成功了，人类的生命存在方式，将从今天开始彻底改变！"

或许有人会问我为什么要选择龙城，那我告诉你也无妨。龙城有一家超大型 ABN 厂，它排出的气体正是我的食粮，是我的生命之源。如同人类的生命之源是水一样。

我飘浮在天空中，人类的肉眼根本看不到，但一旦我吸饱了 ABN 厂排出的气体，就会不断地分解自己，不断地降落到水面，水就会发生聚变，最终成为糨糊状。

人类的祭神活动还在继续，张老汉站立起来，突然仰天大吼一声："苍天哪，请您睁开眼睛看着我吧！"张老汉嚯地从腰间抽出一把尖刀，猛然刺向自己的手臂，顿时鲜血如注，喷向祭坛，喷向盛有糨糊状水的脸盆……

我见状就哈哈大笑："张老汉，只要 ABN 厂在，就是把你一个人的血全放光了，也绝对盖不过 ABN 气体，龙城也绝对不可能再现滔滔江水。"

ABN 厂不可能停止生产的。ABN 厂是龙城致富的栋梁柱。如果没有了 ABN 厂，龙城的经济绝对要倒退 50 年时间，甚至更多。

就在我暗暗得意时，突然整个龙城在怒吼了，我听到震撼人心的

声音:

城之根本，人之源也；
人之根本，水之源也；
水之根本，人之源也。
……

这声音弥漫在天地之间。江河突然汹涌地上下翻腾，惊涛拍岸。我的胸膛窒息般地难受，我拼命地扭动着身体，大口大口地喘着粗气，贪婪地吸着ABN厂排出来的气体。我分辨不清ABN厂排出的气体了，我的呼吸越来越困难，我的能量很快地耗尽了。就在我行将成为太空垃圾时，忽然传来一个声音："我能救你，但你得听命于我。"

我顾不得许多了，连忙答应："只要你救了我性命，今后一切都听你的。"

于是，我的眼前忽然出现了一只打开盖子的盒子，我连忙钻了进去。

就在盖子合上时，我听到了龙城老百姓的惊喜声："水，回来啦!"

我的梅姐

认识梅姐，是母亲去医院挂吊针。梅姐是护士长，每天亲自替我母亲挂针，她打针技术不错，没有痛感。母亲挂了一个多星期的针，梅姐显得特别关心。梅姐的称呼是护士们叫出来的，其实梅姐比我还小一个月，我也索性跟着“梅姐、梅姐”地叫了。

过了几天，母亲说有人要给我介绍女朋友，让我一定要去见见。我想，见见就见见呗,没有什么大不了的,何况我已经28岁了,再不找就难找了。

谁知道见到的人竟然是梅姐。梅姐见我有些吃惊，脸也红了，解释说：“是我请求伯母要见你的。”我望着梅姐不知道说什么话好。

梅姐见我不语，很直率地说：“我知道，我配不上你，你还没有结过婚，而我是个离婚女人，又带着一个小孩，但我真的很喜欢你。今天约你出来，就是想对你说，如果五年内你结婚又离婚了，那我一定要嫁给你！”梅姐说完伸出手来，和我握了握，又对我笑笑，就离开了。

我过了好长时间才反应过来，觉得好笑又好气，竟然还说五年内我结婚又离婚了，她就嫁给我。天下竟然有这么稀奇古怪的事？

说实话，我早知道医院里有一位年轻的离婚护士长，说她如何美丽，又如何能干。当时见到她的瞬间，真的让我有心跳的感觉。如果梅姐没有结过婚也没有小孩的话，我真的会去喜欢她。

过了半年，我认识了英子，一位很漂亮的女孩，没有多久，就要死要活地爱上了。半年以后，我和英子结婚了，婚后真的是幸福快乐得一塌糊涂。但让我伤心的是，英子不肯生小孩，我问她是什么缘故，她怎么也不肯说。直到结婚两年后，英子才哭泣着告诉我，她心里还爱着初恋情人，想和他有重新开始的一天。不用多说什么了，离婚成了最好的选择，尽管我很不甘心痛苦得要命，但也只好这样了。婚姻失败后，我把所有的精力都投入到写作中去了，两年后，我的第一本小说集出版。

那天，我在市新华书店门口签名售书，当最后一本书递给我签名，目光与读者相遇时，我怎么也没有想到——竟然是梅姐。梅姐笑盈盈地对我说："快签啊，大作家！"

我的脸腾地红了，只好低头写下：请梅姐指正。梅姐拿着书要走时，我忙叫住了她："梅姐，去喝杯咖啡好吗？"梅姐的眼睛亮晶晶地眨了眨，说："好啊！"

上岛咖啡屋，音乐在轻盈地流动，说话声是悄悄柔柔的，灯火是温馨甜蜜的。梅姐默默地搅拌着杯里的咖啡，一会儿望我一眼，脸蛋儿红红的，好看极了。

我也是什么话都没有说，但心里却有很多话想说，自从离婚后，我一直过着苦行僧般的生活，没有交女朋友，只是苦苦地写作。现在尽管书也出了，作协也加入了，但我心里真的好孤独，好想有个好女人啊！

"梅姐，还记得你五年前说过的那句话吗？"我终于鼓足勇气打破了沉默。梅姐抬不起头来，脸蛋儿红红的，说："当然记得。""那……那……"我望着还年轻美丽的梅姐竟然语无伦次了。梅姐却问我："你知不知道我那时为什么喜欢你？"我摇摇头说："不知道。"

梅姐动情地回忆说："那天你陪母亲来医院挂吊针，风吹乱了你母亲的头发，你轻轻地帮她理了理，当时你母亲很温暖地笑了。"我想不起来有这个动作了。梅姐感慨地说："就是这么一个镜头，深深地印在了我的心里，你知道吗？我当时就想，有你这样的男人做我丈夫，我一定是个很幸福的女人。

我真的没有想到，让梅姐爱上我的竟然是这样一个动作。于是，我声音有些颤抖地说："那现在呢？"我的心怦怦地跳得好厉害。梅姐笑了，脸蛋儿红得像朵云，羞涩地看着我，却什么话都没有说。

喝完咖啡，我送梅姐回家。到梅姐家门口时，梅姐说："你回去吧。"我说："明天我来看你好吗？"梅姐点点头，说："好。"

第二天晚上我去看梅姐时，却是一封梅姐让邻居转交给我的信——

真的没有想到还能遇见你，今天我是来迁移户口的，我已经调到母亲身边了，想好好照顾母亲，让母亲有个安宁的晚年。是啊，我没有忘记五年前对你说过的话，也一直守着这份承诺，但是，现在的你和五年前不同了，你更出色更具魅力，而我已经没有再喜欢你的勇气了。

我走了，我会天天祝福你的，相信你一定还会找到真正的爱情……

拜佛

忽然有一天，领导决定去佛教圣地旅游拜佛，单位里的人分成两批，费用全部由单位出。三天后，我跟随领导第一批去旅游。

领导之所以热衷于旅游拜佛，因为有两件事是在拜佛后实现的，一是高考，想当初领导第一次参加高考考得一塌糊涂，拜佛后重考考上了重点大学。如果不是重点大学毕业，他就不可能分到这么好的单位上班。二是工作后不久生了一场病，这病生得莫名其妙，看了好多家医院都不见好，后来受高人指点去拜佛，竟然莫名其妙地好了。

领导还给我们传授拜佛的一些知识，拜佛敬香时最好用自己的火点燃香，三支香就够了，不需要大把大把地烧。三支清香，一支敬佛，一支敬法，一支敬僧。男的左手在上，右手在下，女士反之亦然。把香举至额头一般高，闭眼许愿，其实许一个愿就够了。然后合掌礼拜，拜完后将香插到香炉内。注意用左手燃香，因为右手杀生，左手相对来说要平和，不可往香炉内一丢了之。庙里的垫子中间是给出家人拜佛用的，在家人男人跪拜用左边的，女人用右边的；在庙里按顺时针方向行走拜佛。领导拜佛的知识真的很丰富，我曾经多次跟在领导屁股后面这样拜过佛，拜佛后，我当上了办公室主任。领导说：“这就是你拜佛的结果。”我连忙感谢：“谢谢领导！谢谢我佛！”领导笑笑，还拍拍我的肩头，“你有佛心。”我嘿嘿笑笑，其实我心里在说：领导您才是我佛呢！

在旅游车上，领导一言不发，跟谁都不说话。下车吃饭时，同样不说话，不喝酒，不吃鱼肉。烟也不抽了。这真是奇怪，领导可是有二十年的烟龄啊！在高速公路服务区休息时，我悄悄地给领导的夫人打去电话，说了我的忧虑。夫人说自从决定要去旅游拜佛后，他们就分床睡了，领导常常是一个人沐浴后打坐在书房里。夫人说也正想跟我说这事，让我多留个心眼。

旅游车停在了寺庙外，领导下了车，打开一瓶纯净水，反复冲洗自己的双手，擦干净后，整了整衣领，站停，闭上眼睛，深呼吸后，睁开眼睛，开步朝寺庙的东门走去。

领导进入寺庙，来到买香处，买了三支香，一只打火机，付好钱，来到大殿前，领导的三支香，亲自用打火机点燃，左手在上，右手在下，把香举至额头一般高，闭上眼，一会儿后，领导合掌礼拜，拜完后将香插到香炉内。进入大殿内，领导在左边的垫子上跪拜，然后起身，按顺时针方向行走拜佛。

寺庙里的每一尊佛，领导都拜了。直到拜完所有的佛都不说一句话。领导不说话，我也不好说什么，只是多留意观察。领导的表情很平静，脸色也比较红润。我悄悄地给领导的夫人发去短信：领导一切都好，请放心！

从寺庙里出来，领导悄悄地对我说："你去弄辆车来，我有紧急公务要处理，要尽快回单位。"领导还叮嘱我千万别跟同事说实情，就说我们在当地有公事要办。我连忙联系了当地的出租车公司，雇了一辆车，就陪领导悄悄地回来了，让其他人照常按原计划旅游。

在车上，领导一言不发，我也只好看手机小说，看着看着，忽然想：领导的手机自坐上旅游车后就让我保管，一直没要回，他怎么一下子说有紧急公务要处理？这让我很纳闷儿。于是，我悄悄地给夫人发了短信：我陪领导回来了。夫子回复：你多留意，随时告知。

到了晚上十点钟，我们的车到达单位。在单位门口，有几辆车停着。领导一下车，就有几个人围过来，有人掏出一张纸，让领导看。领导看了后，就跟着这几个人走了，上了他们的车。我在车上看得很清楚，那几辆车是检察院的车。

夫人连夜责问我："是不是你通知检察院的？"我说："天地良心，绝对没有！"夫人又问："那么其他人有没有可能？"我说："绝对不可能！谁也不知道我们回单位的事。"夫人说："这真是奇怪了。"是的，我也想不通，真的是太神奇了！

我赶紧做了一个拜佛的动作，心里非常虔诚地诵念：阿弥陀佛……

变 道

李永和的车往右变道时被车擦去了，擦他车子的车是一辆进口宝马，据说要100多万块钱。这辆宝马车的主人是一位年仅28岁的漂亮女郎。这位漂亮女郎的实际年龄，李永和是在保险公司办理赔手续时发现的。当时，他非常惊讶：这么年轻就开上这么好的车了，真是了不起！

“了不起个头！”当李永和把这想法告诉女朋友阿梅时，阿梅脱口而出的就是这句话。李永和说：“怎么能这么说？”阿梅说：“这么年轻开上这么贵的车子了，钱从哪里来的？你想想，就算她22岁大学毕业谋到了一份好工作，年薪有10万，就算她不吃不喝，到她这个年龄也赚不到100万，你说，她的钱是从哪里来的？”

是啊，她的钱是从哪里来的？

李永和把这个想法传给几位哥儿们，请他们给一个答案，很快答案来了——

答案之一：如果按你所说的这个人只有28岁，又这么年轻漂亮，又开这么好的车，又没有家庭背景的，那么，答案是现成的，她的钱肯定是做老板的二奶得来的。做二奶得到这种价位车子的在同学当中也有一位。对了，如果做官员的二奶，可能不会这样明目张胆开名车，毕竟会有所顾虑的。

答案之二：要我说吧，像她这么年轻漂亮，能开上这么好的车子，又没有什么家庭背景，做那种事的比较有可能。你想啊，现在是开放的年代，或者说是笑贫不笑娼的年代，她只要凭着美貌又性感的身体，往床上一躺，钱财就会滚滚而来了。当然，如果她真的有你所说的这么漂亮年轻，那她服务的对象不是一般的人士，肯定是在高级会所里做的那种，或者是经常在空中飞的那种“飞姐”吧。

答案之三：你们俩人的答案都不对，为何老是想到歪的方面，难道不能想她发家致富了？难道她不能办一家公司，一下子赚了大钱？这也是完全有可能的嘛，你说是不是？不过，话说回来，这么年轻能创业成功的人好像不太多，但毕竟也是有的。问题是就算她创业成功了，她必须把资金投入到新的经营中去，一般不太可能去买名车玩玩的，所以，她肯定有不正常的勾当。

李永和把这三个答案传给阿梅看，阿梅看了后就回复说："第一种和第二种答案可能性完全有，第三种答案比较全面。"李永和问："为什么？""这是大家的共识，不，是当今社会的普遍真理！"阿梅狠狠地说。

李永和还是想把答案揭示出来，而能真正揭示答案的就是她本人。由于车损的理赔还在进行当中，刚好还有点资料需要她提供，于是把她约出来了。李永和特意约到咖啡屋，这样可以谈一些话。

她把资料给李永和后，坐在李永和的面前，看了一眼李永和，问："你是不是对我很好奇？"李永和一惊，这人真聪明，于是如实地说："是的，想跟你聊聊天。"她淡淡一笑，反问李永和说："你不会是想问我为什么开这么好的车吧，是不是怀疑我是做那种事的，或者说我是某某老板的情人什么的。"

李永和连忙否认，"不不不，我只是好奇。"

她说："我告诉你吧，我从小喜欢搞小发明，16 岁就有自己的专利，至今已拥有上百个专利。这些专利，我都卖给了企业，对了，我还在外国注册了，卖给外国的老板。我呢，除了发明，还读书，这不，博士刚毕业。"

李永和有点不太相信眼前的她了。她又说："我开的这辆车就是专利换来的，有位老板看中了我最新发明的一项专利，可他没现钱，想用宝马车来换。我就同意换了。其实，这车子不太适合我，过些天，准备把它卖掉。"

李永和能相信她的话吗？李永和不知道。当李永和把这些话告诉阿梅时，阿梅断然地说："她是骗你的！"李永和问："她没有骗我的理由啊？"阿梅冷冷地说："她是希望在你这样的帅哥面前保持一种尊严。"

难道真是这样吗？其实，有些话李永和没跟阿梅说。

那天，她跟李永和道别时，说了一句让李永和非常震惊的话："对了，如果你的朋友问起来，就说宝马车是款爷送我的。"

"你，你……你这不是作践自己吗？"

她却非常坦然地呵呵笑了，然后问李永和："如果我说是靠卖专利得来的钱，你信吗？你的朋友们会信吗？"

"你为什么要这样对我说？"

她脸微微一红，理了理头发，说："因为你很诚实。"

档案谋杀

张丽是研究院的档案员，负责整理院内的资料档案。档案室在研究院最偏角的地方——一幢旧式平房。三间房子，只有张丽一个人办公。资料整理，编号，存案，日复一日，年复一年。

这一天上午，院长来了，张丽感到很意外，忙站起来迎接：“院长，您请坐。”院长笑笑，就落座在简易的沙发上。张丽给院长倒了一杯茶，问：“院长，您找我有事?”院长说：“没事，过来看看你。”张丽很感动，忽然想起了什么，问：“院长，您有什么指示吗?”院长喝了一口茶水后，说：“没指示，哪有这么多指示。”

张丽不太相信，到档案室工作快10年了，院长从没有来过。那时候院长也刚当上院长。于是，张丽表示：“院长，如果在工作上有什么地方做得不好，请尽管批评，我有思想准备的。”张丽对待工作，只能说还过得去。

院长放下茶杯，站了起来，然后说：“真的没事，想过来看看你。”张丽还想问什么，院长就离开了，头也没回，消失在树木丛中。

张丽忽然感到有什么事要发生似的，连忙给老公打去电话，“你那边没事吧?”老公被她问得莫名其妙，着急地问，“你怎么啦? 发生了什么事?”张丽说：“院长刚才来看我了。”老公松了一口气后说：“这样啊，可能他要下台了，便到处走走看看，毕竟他做了这么多年的院长，对院里的一草一木有感情了。”

张丽想想有道理，便不再多想了。

下午快下班时，张副院长来了。张丽更是感到意外：“张院长，你请坐。”张丽也给张副院长泡了一杯茶。张副院长问：“上午院长来你这里了是吧?”张丽回答：“是的。”张副院长又问：“他有事吗?”张丽回答：“没事，他只说过来看看我。”张副院长再问：“真的没事吗?”张丽肯定地点了点头，说：“他只喝一口茶就离开了。”是的，院长只喝了一口茶，放下了杯子，杯子在茶几上没放稳，还晃了晃呢。张副院长嘴里“哦”了一声，端起茶杯喝了一口茶，就离开了。

张丽望着张副院长的背影，忽然想起了一部电影《档案谋杀》，影片说的是某研究院院长半夜三更来到档案室，查找到了一份非常重要的档案，却被埋伏在那里的副院长抢走了后给谋杀了。张丽越想越感到很害怕，害怕得让她心惊肉跳。张丽连忙关了档案室的门，就下班快步离开了。张丽没跟往常一样乘公交车，而是打的直接回家。在路上，张丽打电话给老公让他赶快回来。她不敢回头看车后面是否有人跟踪，她的心快要跳出来了。

待张丽到家门口下车时，老公已经等着了。张丽不停地喘着粗气，不停地说着今天发生的事。老公听完后，非常严肃地说：“你听着，明天上班，无论你们单位发生了什么事，你都不要说今天的事。”听老公这么说，张丽心里更害怕了，结结巴巴地说：“我，我……不会有人要杀我吧？”老公抱住张丽说：“不会的，没人会杀你！”可张丽还是很害怕，害怕得整个人在发抖了。老公紧紧地抱住张丽。

就这样，张丽在老公的怀里迷迷糊糊地睡去了。恍惚中，她来到档案室上班，见院长和张副院长也在，他们却变成鼠人般大小，在一只档案袋里争夺一顶帽子，院长紧紧地捂着，张副院长拼命地抢。张丽喝道：“别争了，会弄坏档案的！”可他们不听张丽的话，依然在争夺。张丽火了，拿起桌上的铅笔刀，挥舞着向院长和张副院长刺去，院长和张副院长无声地倒在档案袋中了，睁大着眼睛……

张丽惊恐万状，便“啊”地尖叫一声就醒了。老公紧紧地抱着张丽，不停地安慰：“没事的，好了，是梦，醒来了，没事的，就好了。”张丽非常害怕，问老公：“你说我怎么会杀他们呢？”老公分析说：“这可能是你潜意识里很感激他们昨天来看你吧。”这回答让张丽更感到不可思议了，“如果是感激，我怎么还会杀他们？”老公说：“这就是梦嘛，梦是很难用常识来解释的。”

张丽没话说了，脑海里却在回放院长和张副院长倒地前的目光，那目光好像是非常仇恨非常愤怒又非常无奈，也有直射她心底的那种恐惧感。

第二天上班，张丽刚走进研究院大门，就听到了一个更可怕的消息：院长昨晚被张副院长捅了数十刀死了。案发地就在张丽的档案室。

人主持的最后一次会议

忽然有一天，人准备跟动物们开个会。会议的主题是：生存与环境。

动物们接到通知后，纷纷派代表参加，象、狮、虎、马、牛、狼、猴、猪、狗、猫、羊、鸡、鸭、兔、蛇……大家都来了，就连老鼠也与会了。会议的规模是空前的。

会议由人主持。人清了清喉咙说：“先生们，女士们，我热烈欢迎与会的各位朋友！我们同在一个地球村吃饭，同在一个地球村睡觉，我们是一个家庭中的成员。但经过几十万年的繁衍生息，我们的生存环境迎来了前所未有的挑战。我希望大家献计献策，踊跃发言，为我们子孙后代创造一个美好的幸福家园。”

首先发言的是大象。大象向人致意，说：“大家知道，地球的年龄有数十亿岁了，地球的生理机能退化了，特别是调节污染的功能，已经大大减弱。这就很自然地导致了环境的恶化，让生存环境面临着前所未有的困境。我们应该提醒地球，他老了，他病了，他应该住院接受治疗，还应该服用返老还童的药物，来彻底改变目前我们大家的困境。”

大象的话引来了阵阵掌声，人说：“你的话我记下了，让地球返老还童，说得太好了！下面谁来发言？我看还是听听我们雄狮的高见吧。”

雄狮抓了抓自己的头皮，说：“既然人点到我的名字了，那就说几句吧。我一直在想一个问题，想当年，再怎么样也是不会没水喝的，可现在很多时候连清澈的水源都找不到了。我们有将近三分之二的兄弟姐妹病死了，都跟没水喝有关，或是喝了有毒的水。大家知道吗？那天接到人的开会通知，我好激动，我仰望天空，忽然有一滴雨水滴落到我的脸上，我终于明白了，原来造成我们没水喝的根本原因，就是老天在作怪啊！我提议：如果老天再不好好尽职尽责下雨，我们应该撤他的职，罢他的官，把他抓起来，狠狠批斗，看他还敢不敢？”

雄狮的话音未落，台下的动物就举起拳头呼喊：撤老天的职，罢老天的官！撤老天的职，罢老天的官！撤老天的职，罢老天的官……

人摆了摆手，提高声音喊道："大家静一静，雄狮的话说得太好了，老天是让我们没水喝的罪魁祸首！我们将采取非常措施，来确保地球村的水源供应。"

接下来发言的是山大王了。老虎走到麦克风前，声音很响地说："俗话说得好，风从空中来。这空是什么？就是空气，就是我们每一天每一刻，都不能缺少的营养。没有了它，就不能呼吸；没有了它，生命就要停止；没有了它，后代就不能得到繁衍。但是，现在的空气，实在是太臭太毒了！我来参加会议前做了一个统计，在这三年内死于空气污染的虎兄虎妹，比还活着的要多两三倍。这是多么触目惊心的数字啊！我强烈要求人对风进行惩罚，判他死刑，缓期两年执行，让他加倍生产清新的空气出来，以观后效。"

"虎哥，你说得太好了，一针见血，切中了要害，跟猴弟猴妹们想的完全一样，我坚决拥护对风的任何决定！"猴迫不及待地抢先发言了。

人频频地点头，上前握了握虎的手，拍拍虎的背，断然地表示，"我保证，对风绝不手软！"就在这时，人却听到了一句话："什么呀，怪地球怪老天又怪风的，你们都是白痴！"

人一看，蛇游到了台上，边游边说。人很恼火，可又不好发作，克制住自己，还笑脸相迎地说："那好，你请说。"

蛇当仁不让地说了："我们这些被人称之为动物的动物们，在地球上诞生的时间，跟人是差不多的，甚至还要早。那时候，人是跟我们一样的。由于人抢先赢得了站立，抢先发达了脑袋瓜子。人为了生存，为了自身的幸福生活，以地球为代价，以环境为代价，当然也以他自己的健康为代价，特别是发明了化学物品之后，没过多长时间，就让我们失去了清澈的泉水、清新空气，还有绿色的家园……"

蛇的话还没说完，人早已经气急败坏了，他凶狠地从腰间拔出一把隐形尖刀，狠狠地一刀砍下去，砍断了蛇的头颈——蛇头与蛇身当即分离。

动物见这突如其来的鲜血淋淋的场面，都吓呆了。人却假惺惺哭诉道："蛇，蛇，你，你……是谁杀了你？啊，我要替你报仇雪恨！"人流出了眼泪。动物们见人哭了，也跟着流泪，跟着难过，跟着喊："蛇，我们要替你报仇雪恨!”

会议就这样提前结束，动物们都回去了，人独自站在台上，面对空荡荡的会场，又低头看了一眼落在麦克风下的蛇头。蛇头一动不动，眼睛还瞪得大大的。人冷冷地说：“有你这样说话的吗？你也不想想现在主宰世界的是谁?!”

就在这时，蛇头突然弹跳起来，一口咬住人的手指头。人大惊，连忙甩手，可怎么也甩不脱。人的手指在痛，头在发晕，脸色在渐渐地变黑，人轰然倒地，没了呼吸。蛇的嘴巴松开了人的指头，安然地闭上了眼睛。

我的眼角流出一条虫

那天升职失利，我流了好多的泪，泪水流着流着，就从眼角流出一条虫来，刚好掉在纸巾里，有一厘米长，一毫米粗，闪着金光。对了，还昂着头。

忽然传来一个声音："我是你的虫，也就是你的灵魂。你要听我的。"我大惊，连忙问："这声音真是你发出的吗?"虫说："难道还有谁?"我惊喜万分，忙把它捧在手心，断然道："好，我以后什么都听你的。"

虫，大部分时间躺在我的口袋里或包里。空闲时，我把它掏出来，放在手心把玩。对了，虫只吃我的眼泪和唾液。有了这条虫后，我的工作顺畅多了，做得很有成效，心情自然愉快。虫也在慢慢地长大。

不久以后，我升职了。朋友们要请我喝酒。临行前，虫开口说话了，"你呀，升这么一个小科长还值得祝贺?省省吧。"我辩解说："你要知道升这么一个小科长有多难啊。"虫仰着头又说："你太小看你自己了。"我大喜，连忙表示："那好，我不去了。"无论朋友怎么呼我也没去赴宴。

那时候，我正好喜欢上了一位叫芳菲的漂亮女子，恨不得立即娶她为妻。就在准备求婚时，我想到了虫。于是我问虫："我想跟芳菲结婚，你认为如何?"虫说："这个女人对你太危险了。你最好远离她!"我很不高兴，冷冷地问："为什么?"虫说："你现在去看一下镜子，镜子里有你跟她结婚后的真实记录。"

我冲到镜子前，果然有我和她一起生活的镜头。镜头里的芳菲很懒，什么家务都不做，对保姆吆三喝四的。更可恨的是趁我出差在外，跟她的上司偷情，还把家里的钱送给她的情人。

没办法，我只好忍痛割爱。从那天以后，我把精力都放在工作上去了。这样一心一意地干了一年。也就在这一年年底，我被升为副处长。当晚，我很高兴，想请朋友们喝酒。虫也说："你去吧，去吧，喝一点，别喝多了就是。"我牢记着虫的话，只喝了一杯红酒就回来了。

虫问我："你是不是特恨我，酒也不让你多喝？"我忙表示，"哪里啊，你是为我好嘛。我应该感谢你才是。"真的，虫一直在指点着我，也在规范着我的行为。我打心眼里感激它。

虫又对我说："你去看看镜子吧，镜子里有一个女子，做你妻子很合适。"我扑到镜子前——镜子里面有一位女子，长得很端正，正对着我微笑呢。

我感觉她不是我喜欢的那种女子。虫说："你会喜欢她的，她会给带来好运的。"我只好问："她在哪里？"虫说："明天你会见到她。"

果然，第二天上班，有人来找我，正是这位女子。女子见了我后，给我一封信，说是她爸让她来找我的。我有些莫名其妙，拆开信看了，才知道，原来她是乡下远房表亲的女儿，让我给她找份工作。

我听从了虫的话，没有给她找工作，而是让她来我家里。她来我家后，家里收拾得很干净，还做得一手好菜。这让我感到很意外，也很欢喜。经过三个月的接触，真的发现她很适合做我的妻子。于是，有一天晚上，我对她说了，她脸红得不敢看我，当然还是微微地点了头。于是，我一把将她抱在怀里。

一年后，我有了儿子。再一年后，我当上了处长。当上处长后的那些天，请我吃饭的人很多。我一一回绝了。只是有一位绝色美女要请我吃饭，我没有回绝。我问虫："我很想赴宴，你说我能去吗？"

虫说："这绝色美女是妖女，你如果赴宴的话会出现三种结果：一是你得艾滋病，二是你们夫妻关系破裂，三是损害单位利益。"

我解释说："我从来没跟绝色美女喝过酒吃过饭。"

虫说："我理解你的心情，这些年来管你管得太严了。这样吧，这一次你自己做主，但必须提醒你，如果赴宴肯定会有一种结果发生，这是逃不掉的。"

我太想跟绝色美女在一起了。于是，我断然说："我决定去！"

虫问我："你准备选择哪一种结果？"

我说："第三种吧。"第一种让我害怕，第二种太可惜，只好牺牲单位了。

于是，我去了。

回来后，第三种结果渐渐显现：单位的利益受损。不久，我被停职检查。

虫痛心疾首："我真糊涂啊，怎么能让你自己做主呢?"虫的身体突然"扑"的一声破裂了，滚出一只蚕茧来，晶莹剔透，美丽无比。

一只蝴蝶飞起来

女人在男人经过九十九次的求爱，终于答应跟男人好。

跟男人上过第一次床后，女人边穿衣服边说："如果你再跟别的女人好，我就把自己的双眼剜了！"

男人呵呵笑了，说："怎么会呢？你是我的最爱！"

女人真的是男人的最爱，女人在男人心目中如同女皇一般，男人就是女人的奴仆。

女人说："我不信你这话，只信你今后的实际行动。"

男人当即表示："你看着就是了！"

女人很爱男人，只因父亲花心让妈妈受了一辈子的苦，她担心爱上的男人也花心。妈妈对她说："你得小心，嘴里说得很好听的男人，很有可能花心，就像你爸。"

女人说："他不是这样的人。"尽管如此，女人还是担心的。

男人跟女人上过床后，对女人更好了，把女人当作自己的生命一样来呵护。

女人感动了，女人对男人说："我们结婚吧，我要做你的新娘。"

男人把女人抱得紧紧的，激动得一句话都说不出来。

结婚那晚，女人却非常严肃地对男人说："如果你花心，我就把自己的双眼剜了。"

男人发誓说："如果我花心，不得好死！"

听男人这么说，女人连忙解释："我是说说的，你别乌鸦嘴！我知道你是爱我的。"

男人无言地笑笑，拥住女人就进洞房了。

结婚后不久，女人对男人说："男人应该以事业为重，去考研吧。"

男人很听话，就复习考研，结果考上了。

男人去读研的前晚，女人极其温柔。

第二天早上道别时，女人说："如果你花心，我把自己的双眼剜了，就算我瞎了眼。"

男人连忙表示："老婆，我绝对不会的！"其实，男人打心眼里也是这样想："我娶了这么好的老婆，如果还花心的话，除非我得神经病。"

可是，半年后，男人花心了。

男人课余时间，经常去一家叫玫瑰的网吧玩游戏。有一天，玩完游戏准备站起来时，突然感到头重脚轻昏倒在地，网吧的服务员小琴发现了，连忙跑过来把他扶起来，发现他烧得厉害，便送他去医院。男人经常去玫瑰网吧玩游戏，对小琴也是很熟悉的。

男人住院了，男人便给老婆打电话，让老婆来照顾他几天。老婆却告诉他，工作上忙得不可开交，让他自己照顾好自己，过些天来看他。

现在特别需要老婆的时候，老婆却离他远远的。男人心里顿时酸酸的。

网吧的小琴见男人需要有人照顾，便请了几天假，对男人照顾得无微不至。

男人第一次感受到了被一个女人照顾的经历，心里升起了一种异样的感觉。

男人出院后去了小琴的家——这哪里是家啊，一间六平方米的房间，一张床，一张小桌子，一只破箱子，就是全部的家当。

小琴对男人说："我是个孤儿，在孤儿院长大，不知道世上谁是我的父母亲，初中毕业就打工养活自己，我没有一个亲人……"

男人的心被震惊了，一种男人气在他心里油然而生，他断然地对小琴说："从今往后，我就是你的亲人！"

小琴哭了，扑进了男人的怀里。男人把小琴护得紧紧的。

男人有了小琴后，夜里也时常会想到老婆的那句话——如果你花心，我把自己的双眼剜了。男人心惊肉跳，惶惶不可终日。

男人特意去请教心理学教授，"我有个女同事对她老公说，如果老公花心，她就把自己的双眼剜了，你说她真的会把双眼剜了吗？"

教授回答，"这种可能性很小，据我们调查，这概率只占万分之零点一，也就是说十万对夫妻里面可能会出现这种情况。"

男人想想也认为有道理，跟小琴在一起心安得多了。

谁知道，有一天周末，男人拉着小琴的手在校门口遇到了老婆，老婆什么话都没有说，一把抓住男人的衣领，狠狠地抽打了男人一记耳光，然后愤然离开。

当小琴明白过来是怎么回事时，她羞愧难当，“哇”地痛哭，双手捂面，夺路而逃，还没有逃出多远，就被迎面而来的车子撞飞了，如同一只蝴蝶飞了起来，又轻轻地着地……

男人惊呆了。

女人惊呆了。

男人扑倒在小琴的身上，痛叫：“小琴！小琴……”

男人又回头大喊：“来人，快来人哪!”

不久，男人和女人离了婚。

不过，女人的双眼好好的，明亮如初。

差 错

那时我分到医院工作还不到一个月，参加一个晚上开的每月例行座谈会。院长让各部门的负责人汇报当月的病人收治情况后，非常严肃地说：“住院部竟然发生一件非常荒唐的事，连续一个星期对同一个病人没有挂针！听到这件奇事后，我第一个念头就是感到非常幸运，因为这个病人没有病死。否则不光是你们不能逃脱责任，就是我也得下课。而让我觉得更不可思议的是，谁都不肯承认是谁错了。你不给病人挂针，那些药总应该在吧，可那些药到哪里去了？”

院长的话说到这里，整个会场鸦雀无声，静得连呼吸声都听得到，特别是住院部的护士连大气都不敢出了。我也有这种感觉，老实说发生这种事，真的是太不应该了，竟然连这一点责任心都没有，还配做白衣天使吗？院长说得对，很幸运病人没有死。

这时书记说话了，“大家不要有什么顾虑，从整件事来说，这是一次差错事故。好在病人现在已经出院了，我们也不要太担心什么。只要能主动说明情况，最多也是扣几十块的奖金，不会对今后的晋升有影响的。品质是立身之本，诚实是为人之道。一个人的诚实是很重要的。”

书记说完话后，会场上仍然没有人说话。谁都在等待什么，谁都又想打破这个沉默。我觉得很压抑，心里有一种很强烈的愿望，想对会场上所有的人说。

我猛地站了起来，脸有些红，说：“刚才书记说‘品质是立身之本，诚实是为人之道’。我听了觉得很惭愧，为人是应该诚实为好。对这我深有体会。”

我说了一件发生在自己身上的事，那是上个周末我在药房值班，早上刚接班，住院部的护士小张来配药，病人是一位肺结核病患者，头天晚上住院的。张护士给我一张处方，当中有口服药和注射剂，我粗略一看就配了三种口服药，给了张护士，其中配的药中有异烟肼片剂。由于肺结核病的患者所服的药都是早上空腹服用的。张护士拿着药就很快地给患者送去了。

可当我配完这个患者整张处方时，忽然发现患者的异烟肼不是片剂而是针剂。这样一来很有可能患者口服片剂后，还要用针剂。针剂都是住院部先挂上的。

我很快跑到住院部，问张护士患者吃了那药没有。张护士说已经吃了。我不敢多问话就回到了药房，可越想越不对，这样重复用药，剂量太大了，万一患者产生副作用怎么办？我怕了，我怕出事，这不是闹着玩的事。我还是把这情况报告给了值班的副院长。副院长一听，就问护士针剂打了没有，护士说还没有，于是他通知护士不要用针剂了，处方等会他过去改正。

说到这里，我深有感触地说："如果我不承认配错了药，病人口服药后肯定还要打针的，那有可能会产生副作用，当然也有可能什么事都没有发生。但是当时我就在想，配药配错了，是我的责任，如果知错再不改，那就不仅仅是差错问题了，还是一个人的品质问题。即使挨领导的批评，那又有什么关系呢？"

我的话还没有说完，会场上响起了阵阵掌声。我脸红红的，不敢看大家了。我希望我的差错能引发某个护士主动承认差错，谁知道老半天没有人说话。

书记只好做了最后总结："徐医师能这样做，真的是应该让我们有的同志好好想想了。有关没有给病人挂针的事，希望当事者能主动地找我谈或找院长谈都可以，我们都表示欢迎，并会正确对待的。这一点请一定放心！"

会议就这样结束了，好多天以后我还在想这次会议的情景。我在想，来这家医院工作真的是来对了。尽管医院比较小，但有这种工作气氛，让人觉得舒心。

两个多月后，我去领季度奖金时，却发现少了一百块钱，问会计才知道我被扣了，原因是配药差错一次。我也没有觉得什么，随后问那些护士扣了没有。会计说没有，还说没有护士承认是谁的差错，领导也没有办法；又说我太老实了，在会议上说那些话，以后让我一定不要这样说了。

我真的是哭笑不得，从会计室出来时，听见王医生正在楼梯口对书记发牢骚："他妈的，这些护士干什么吃的！9 床的药怎么会挂到 6 床去了，他们是不一样的病啊，真要命！真要是出了人命怎么办啊……"

大战结石

傍晚跟老婆一起散步时，突然感到腰酸胀痛得厉害，脸色苍白，手脚发抖，人站不住了。老婆慌了，急忙送我去医院。B超显示：我肾里有结石，一颗已从肾里出来，到达输尿管上段；一颗还在肾里面安然地待着。医生说："结石不是很大，不过……"老婆连忙问："不过什么?"医生对我说："你的两颗结石都不到10毫米，一般情况下吃药能排出来的。"老婆又急着问："万一排不出来怎么办?"医生回答："如果一个月内还排不出来，最好是碎石。碎了石，就好排多了。"老婆又追问了一句："万一碎石也碎不了怎么办?"医生看了我老婆一眼说："可以做微创手术，把结石从输尿管里取出来。"

我明白了，老婆也明白了。"现在的问题是抓紧吃药多喝水，让结石自然排出来。"医生说："是的，但是……"老婆一听"但是"就紧张了，"医生，你可别吓我啊!"医生很认真地说："在短时间内如果排不出结石，那就会比较麻烦。""为什么呀?"老婆都叫起来了。医生对着B超单子上的图案说："你看你先生的肾里有积水，这积水已经超过10毫米了，如果长时间不能排除，那后果是……""后果怎么样啦? 医生你快说。"老婆急得脸都红了。医生说："如果积水排不掉，时间一长，肾功能会受影响，可能会受感染，严重的话还会引发尿毒症……"

老婆的脸色发白，我的手脚顿时冰凉。

那天晚上，我挂完盐水回家已经快半夜了，老婆还要给我煎中药。我说："算啦算啦，不差这一次的。"老婆说："不行! 早吃一次就能早点把结石排出来。你想想看，万一结石排不出来，这积水就没法干净，肾就有可能感染，就会威胁到你的生命。我们绝对不能掉以轻心!"

是的，我绝对不能掉以轻心。当晚，我喝了差不多有2000毫升的温开水，外加一大碗中药汤，只是整个晚上就没法睡了，过不了10分钟，就会有尿意，就要起来排尿。而排完尿后，我又会喝一杯温开水。就这样，整整一个后半夜，我没睡去。老婆更是没怎么睡，连夜上电脑查资料，然后对我说："我查看了国家期刊网有关肾结石的论文，吃中药的同时，还应该吃黑木耳，还有生核桃，明天一早我去买给你吃。"

第二天天还没亮，老婆起床了，打着哈欠说："你再睡会儿吧。"我说："怎么能睡呢。医生不是说了，要多动，多站，不要老是躺着，更不要坐在那里不动。我现在就去走走路。"老婆心痛地问："昨晚肾痛得要死要活的，你现在有力气走路吗？"我拍拍腰部说："没问题！"于是，我去走路，老婆去超市。

当天，我的零食是生核桃，一颗接着一颗地吃。其实，一天吃五六颗就可以了，但为了让结石早点排出来，我没有限制自己，想吃就吃。中饭的菜是黑木耳炒青菜茎，晚上的菜是肉片煮黑木耳，当然肉片是很难找得到的。老婆鼓励我说："你大口大口地吃吧，我查过好多篇论文了，都说黑木耳有排石功能，效果不错。"我信！食疗以外，我还加倍服药，医生给我开了中药后，我又跑到药店买了排石颗粒。喝完排石中药汤，再吃排石颗粒。吃完这些，我的心就安静了，在想：一个月内肯定能把结石排下来！

就这么坚定不移地想着，我上卫生间的次数在增多，除了小便外，还拉肚子。到了半夜三更，肚子痛得非常厉害，脸上没有半点血气。老婆紧张了，我也紧张了，连忙去医院。一查，原来吃坏东西了。医生问明情况后，狠狠地批评了我们一顿，还警告我说："再这样下去，不但结石排不出来，还会得其他疾病！"这下子我们都慌了，小心翼翼地问："会得什么病？"医生狠狠道："食物中毒，连抢救都困难！"

我和老婆顿时被吓得魂都没有了，老婆说："老公，对不起，都是我让你吃的。"我说："老婆，这不能怪你，要怪就怪我的肠胃功能不好，都是它们不够朋友惹的祸。"老婆听了后就呵呵笑了，我也跟着哈哈笑了，笑过后，老婆忽然问我："万一一个月内结石排不下来怎么办？"我说："我也不知道。"老婆忽然好像想起了什么似的，"你，你快站起来，快跳吧，半个小时往上跳一百下，这结石就能跳下来了。"我问："你听谁说的？"老婆回答："听我的老师说的。"我说："那我听你老师的。"于是，那天以后，白天黑夜除了睡觉的七个小时外，每半小时就跳一百下。有一天，我去市里听文学讲座，正听得起劲时，突然手机的闹钟响了，还伴着老婆的叫唤声："老公，快起来跳，快跳啊！跳一百下，我就亲你……"

终于，经过整整42天（远远超过一个月）对结石艰苦卓绝而又不屈不挠的战斗，B超显示：泌尿系未见明显异常……哈哈，排石成功！

寻找失恋的感觉

若然这些天来很想知道失恋是一种什么样的感觉，她真的想知道。她是直到三十岁才遇到张明，才知道恋爱是多么美好。每次见到张明，都会有一种触电的感觉，都会情迷意乱地拥着他吻着他。张明是她的真正初恋。

可是她不是张明的初恋，张明的初恋情人是个老师。张明说：“她叫阿萍，是大学里的高材牛，长得很漂亮。”后来阿萍跟一个有钱的中年人跑了。张明失恋五年后遇到若然。

若然听了后不太高兴，尽管张明告诉她，他真的很爱她。

若然在一本书里看到一句话，说如果一个人连失恋都没有感觉过，那真的是白活在这个世界上了。失恋有时比恋爱更重要，因为失恋能够让男人和女人真正懂得什么是真正的情，什么是真正的爱。而那天张明说的话更让若然怅然若失。

张明深有感触地说：“如果没有失恋的痛苦，我相信自己不可能有今天的成功。”

张明失恋后，经一老者指点，一下子发愤了，于是成功了，拥有了自己的公司。

若然想自己也是奔三十岁的人了，事业还刚刚起步，真的需要一种动力，说不定经过失恋也能像张明一样让事业获得成功呢。

可是，若然爱张明爱得很深，张明对若然也很痴情，他们是不可能分手的。

张明对天发过誓：“非若然不娶！”

若然对地许过愿：“非张明不嫁！”

这样一来，若然真的没有机会感受失恋了。

不感受失恋就不感受吧，有了爱情，在事业上差一格也没有什么关系的。

这样一想，若然对感受失恋就不再热心，一门心思放在婚事上了。

如果不是那天看到张明与一位年轻貌美的女子在一起，若然可能这一辈子也很难感受到失恋了。当时，张明有说有笑地从她的眼前走过，竟没有发现她，还当着她的面吻别那个女子。若然当时就感觉天昏地暗，眼前一黑什么都不知道了。

若然醒来时发现自己躺在医院的病床上，医生告诉她是一位先生把她送来的。

若然终于想起来了，若然说了声“谢谢”就结账出院了。

若然回到家，眼睛里老是那女子与张明接吻的镜头——如同一把尖刀剜在她的心似的，是一种难受，想哭可又哭不出来，想吐可又没有东西吐；转眼间又对张明恨之入骨，想用最恶毒的言语来骂他一顿，可又找不到用什么样的言语好；闭上眼睛，可脑子里尽是张明亲吻她对天发誓的镜头……

若然失眠了，整个晚上翻来覆去，一直到天亮都没有合上眼睛，弄得若然时不时地想哭，有时实在受不了了，就去卫生间，让泪水与自来水一起流走。

这可能就是失恋的感觉吧，若然想，真的很不好受！

于是若然关了手机，收拾一下行李就出门了。

若然来到三亚，去了天涯海角，当她的数码相机镜头对准那块“天涯海角”字样的巨石时，忽然发现张明进入了镜头，若然不敢相信自己的眼睛，再仔细看，果然是他！而更让若然吃惊的是，张明的身边还站着一位女子，对，就是那个女的！

若然咬牙切齿地按下了快门，这就是证据，看他还有什么话好说！

这时候张明却拉着那个女子来到她的面前，很关心地问：“你好，身体好些没有?”

若然心里恨恨的，却反问道：“你怎么知道我身体不好呢?”

张明说：“一个星期前，我和女朋友看到你突然昏倒在地，就把你送到了医院。”

说着，他给若然一张名片，若然很无奈地接过来，一看，竟姓陈，不是张明！再抬起头来仔细看看，真的不是张明！张明是双眼皮，他是单眼皮，俩人只是长得很像。

若然顿时什么都明白了，忙致谢道别，取出手机，就打张明的手机，却是忙音，再打还是，若然急了，打的直奔机场。

若然一下飞机就给张明打电话，结果还是不通，打张明家里也是如此。若然赶到张明的公司，秘书一见她就说："若然姐，你终于出现了，张总五天前去找你了，他说如果你回来找他，一定要你待在新房里，千万不要再出去了。"

若然去了新家，刚刚装修好的房，还没有住过。

于是若然在新家等待张明回来，可张明一直没有回来，若然至今还在等着……

神奇的拉链

教授带着新研制的拉链来到市政施工现场，对施工负责人说："你们不是今天埋电缆，就是明天修管道，每次都要把道路挖开再填上，这样太麻烦了，只要你们使用了我研制的拉链，就省力多了。"施工负责人不信。教授当场安装上拉链，然后拉上，又拉开，然后再拉上，真是神奇极了。

施工负责人立即报告给领导。领导亲自来到现场，观看后当即拍板，"就这样定了，我们从今天开始就使用教授的拉链。"领导紧紧地握住教授的手，非常感激地说："好事啊，你为社会为人民做了天大的好事，感谢您！"

这款特殊的拉链，教授花费了毕生的精力，经过成千上万次的试验，终于研制成功了。

领导悄悄地问教授："您还有没有其他功能的拉链？比如口才方面的，我开会时总感到没话好说。你能不能帮我研制这样的一条拉链？"教授说："没问题，我只要把您这方面的需求输进电脑程序，把拉链安装在你的嘴巴里就可以了。"

领导跟着教授来到实验室，教授给领导安装上了特殊的拉链——一条很小很小的肉眼都不太容易发现的拉链。领导按教授的说明试了一下，嘴一张，竟然一口气讲了四个小时，连水都不需要喝一口。

领导好开心。领导就天天开会，天天讲话，天天口若悬河。领导成了市里的奇才，获得了上级领导的好感，领导就升官了。领导升官后，来请求教授："现在急需增加口才中的思想性，您能帮我解决吗？"

教授说没问题，就给领导安装了一条思想拉链。每当开会，领导必讲孔夫子、老子、庄子、墨子等等，国内外思想家的思想，领导都能经过他的语言表达出来。“思想是我们行动的指南，一个人没有思想，就如同一根木头。”

领导又升官了，再次来找教授。领导心事重重地说：“教授，我都快五十岁的人了，可我还没有体会过真正的爱情，您说我还能有这方面的情感吗?”教授说：“哪怕你到了八十岁，也保证让你如同二十岁时一样谈情说爱。”

领导惊喜万分，当即让教授给他安装上爱情拉链。不久，领导恋爱了，领导爱上了一位比他年轻三十岁的歌星。领导如同诗人一样，天天给歌星写爱情诗。歌星深深地感动了，投进了领导的怀抱。

领导年轻了，能力更强了，领导又升官了。领导再次来找教授。不，是领导派秘书来请教授的。教授来到领导那富丽堂皇的办公室，惊讶得眼珠子发直，天下竟有如此豪华漂亮的办公室!

领导对教授说：“今天请您来，还是为拉链的事。不瞒您说，我现在需求的东西太多了，根本没有办法满足。请问教授，您能不能给我安装人生当中所需要的所有拉链?”

教授回答：“行啊，只要你想要，我当然可以给你安装。”教授又提醒说，“不过，如果你使用不当，可能会给您带来不好的后果。”

领导连忙表示：“我一定会好好使用的，不会出错。这您放心好了。”

教授就给领导安装上了很多的拉链，比如财富拉链、性功能拉链、智慧拉链等等，领导更有能力更有水平了，领导得到了前所未有的荣誉。领导成了家喻户晓的人物。领导的家乡给领导修订了家谱，修缮了祠堂。领导的家乡成了众人神往的地方。

过了几年，教授正在研制一种更科学更便捷的拉链，突然闯进来两个蒙面人，用黑布蒙住了教授眼睛，强行带了上车。教授显得很平静，不反抗，不呼救。教授被带到一个房子里，揭开了黑布。教授眨了眨眼睛，终于看清楚了眼前的一切：一位肥胖的男人站在房间的中央，动弹不得——他就是领导。

领导迫不及待求教授：“请您帮帮我吧。”

教授痛惜地说：“对不起，我帮不了你。”

领导再求教授：“您是教授，您能研制出来，肯定也能破解的!”

教授很无奈地说：“很抱歉，我现在还没有破解它的能力。”

领导绝望了，痛哭失声。

因为装在领导身上的所有拉链，都变成了铁链、铁杆，领导如同被关在铁栅栏里，怎么弄也出不来，怎么打也打不开。教授也很纳闷儿："这拉链怎么会变成铁链铁杆呢？真是奇了！"

当领导后的我是谁

当上领导后第一次跟老婆做爱，事后老婆对我说她的感受，“昨晚你跟以前不一样了。”我问：“怎么不一样了?”老婆想了想说：“以前你总是关心我的感受，根据我的感受往前冲刺的，这次你一点也不顾及我的感受，你想到哪就到哪，直到你不想要为止。”我当然明白老婆的意思，但我也不是故意这样不顾及老婆感受的，反正跟老婆做爱时，就是想这样做的。于是，我问老婆：“这样是不是让你觉得很不好?”老婆说：“也不是不好，总感觉我不是在跟老公做爱。”这下子我不高兴了，冷冷地问：“那你感觉是跟谁在做爱呢?”老婆不吭声了。这让我心里更不是滋味，丢下老婆就起床了，又回头说了声：“我去单位吃早饭。”我洗了一把脸就下楼了。单位食堂很近，10 分钟路程。

当上领导后第一次接到老爸的电话，老爸说家里的水龙头坏了。我连忙表示下班一定过来修。可是，下班后去应酬了，有关修水龙头的事早忘了，直到很晚才想起来。老爸见我这么迟过去，脸色不怎么好看。我当作没看见，径直进了卫生间，见水龙头在冒水。我找来工具就干起来，可不知怎的，怎么也修不到位，水照样冒个不停，甚至比没修之前更冒了。

老爸在一边看着我修，见我修不好，就说：“算啦算啦，明天再说吧，快回去睡觉。”我心里在说，这他妈的水龙头早不冒水晚不冒水，偏偏我当上领导后就冒水！其实，以前也冒过水，只要老爸一来电话，我立马过去就修好了，从来没发生过今晚这样无功而返的事。我很纳闷，心里也有些烦。

当上领导后第一次跟儿子谈话，儿子对我说：“老爸，你跟以前不一样了。”我说：“怎么不一样了?”儿子说：“以前你跟我谈话，我和你的关系是平等的，你会听我说话。这次你总是反复强调你的观点，根本没有采纳我的想法，甚至还很不耐烦。”我慢吞吞地问：“有这么严重吗?”儿子说：“那当然，你想啊，以前你总是引导我应该做什么不应该做什么，而今天你总是要求我做这个或那个的，你根本没有考虑过我的感受。”我有些不耐烦地问：“真的是这样吗?”儿子说：“当然是这样。”我也感觉好像跟儿子一时没法沟通了，也感觉跟儿子有了某种壑沟，而这条壑沟也是在不知不觉中产生的，一点征兆都没有。

让我更没想到的是，当上领导后第二次跟老婆做爱，老婆看着我什么反应都没有。我问她：“你怎么啦?”老婆没有回应。我再问：“你哪里不舒服了?”老婆还是没回应。无论我在她身上怎么运动，她都没反应，没呻吟。我有些不耐烦，从老婆身上翻下来，声音很重地问：“你怎么啦?”老婆这才眼泪汪汪地说：“我感觉你不是我的老公了。”我一听这话很生气，怒喝道：“我不是你老公，难道你还有别的老公?!”老婆陌生地看着我，很害怕的样子，说：“你以前对我不是这样说话的。”我哭笑不得，也很无奈，只好叹息着说：“可能吧，我不是你老公了。”

当上领导后第二次去看老爸，还是那个水龙头的事。我是特意安排好时间去的，可折腾了整整半天，水龙头还是冒水，还是吱吱地发出声音。我烦了，火了，举起手里的工具正要朝水龙头狠狠砸下去时，我的手臂却被老爸牢牢地抓住了。老爸说：“这又何必呢?叫修理工来修修不就得了。”我心里还是很恼火，愤愤地丢下工具就走了。第二天，老爸来电话说：“修理工来修好了，你好好工作吧。”我握着话筒，不知道如何回答。

当上领导后第二次跟儿子谈话之前是去乡下接他回来。回到家，儿子跟我说：“老爸，你好像变了一个人。”我说：“没有啊。”儿子说：“刚才我们过收费站时，收费员要向你收费，你的脸色很难看，你还掏出了工作证，可他们还是要收你钱，尽管你给了钱，可很不高兴，嘴里骂了句：看以后怎么整治你们!”

我连忙解释：“儿子，这个，你不能往那方面想的。”儿子说：“想当初，我们过收费站时，你的态度多好啊，对收费员很客气，从来不会说粗话，更不会骂人。你以前对我说，做一个好父亲，是要从每一件小事做起的，给儿子以榜样。”

这话我说过，可是不知道怎的，当上领导以后，我确实没那份心了。

我现在甚至不敢跟老婆再做爱了，不敢接老爸的电话了，生怕又要去修水龙头，连跟儿子交谈也不敢了，我怕啊，真的怕！当然，在单位，我还是意气风发、斗志昂扬的，还是呼风唤雨的，谁也不敢说我“不一样”。

结石美女

李永和患胆结石，明天要切除胆囊。夜里梦见了一位绝世美女，美女飘然来到他的病床前，如池水中亭亭玉立的荷花，肌肤白嫩，牙齿洁白如玉，眼睛明丽清澈，长发浓密如云，两个美丽的酒窝儿时隐时现。她姿态高雅，仪容娴婉，情态妩媚。李永和心动不已。

美女对他嫣然一笑，问他："你说我美吗？"李永和连忙点头回答："当然，你是我见过的世上最美的美女。"美女又问他："你喜欢我吗？"李永和回答："喜欢，太喜欢了！"美女又问："为什么会喜欢我？"李永和断然回答："因为你太美了，太符合我的心了。"美女叹息道："本来我可以做你的妻子，如果做不成妻子可以做你的情人，如果做不成情人，也可以做你的红颜知己。"李永和连忙表示："我会真心实意待你的。"美女点了点头，递上她那甜蜜一吻……

就在李永和要醉了的时候，美女推开李永和，叹息着说："对不起，我不可能跟你在一起了。"李永和大惊，连忙问："为什么呀？"美女却冷冷地问："你当领导后是不是天天晚上要喝酒？"李永和回答："是的，我要么喝茅台五粮液，要么喝进口的葡萄酒。"美女又问："你喜欢吃山珍海味，特别是那些野味，是吧？"李永和回答："是的。"美女又问："你还不太喜欢活动，整天在办公室里，要么躺在沙发上，要么在床上休息，是吧？"李永和回答："是的。"李永和感到很奇怪，便问："请问你是怎么知道的？"美女眼泪便流了下来。李永和急了连忙安慰："别别别，不要哭，你有什么事只要我李永和能做到的，一定替你做！"美女却淡淡地说："你为我做不了任何事。"

李永和感到很意外，"你，你说什么？要知道在这个城市里我还是能办成一些事的。"美女说："我的生命到明天就要结束了，谁也救不了我！"李永和惊愕万分："你，你别开玩笑好不好？"美女说："我是像开玩笑的人吗？”李永和连忙表示：“不是，不是。”见美女很忧伤。李永和说：“你说吧，为什么明天你的生命就要结束了？”美女追问他：“你真想知道？”李永和断然表示：“是的！”美女说：“我寄生在你胆囊里成长，希望有一天真正变成人了就可以跟你在一起。母亲告诉我，你是好人，是世上难得的好人，可以成为我的老公，就算成不了老公，做你的情人朋友什么的，也会很幸福。母亲让我今后无论如何也要来到体外，跟你在一起生活，可是……”

李永和连忙问：“可是什么？”美女说：“你变了，跟以前的你不一样了，你现在不好好工作不好好待家人，而是一心一意往上爬，一天到晚都是酒呀肉呀的。这倒也算了，你这样的生活方式，已经让我没办法在你的胆囊里生活，因为你的胆囊有了结石，就没有我生活成长的场所了，而更让我痛心失望的是，我就要被你的胆囊钙化了，要跟结石融为一体。”

李永和后悔莫及，急忙问：“还有办法可救的没有？”美女说：“已经没有了，明天你的胆囊一切除，我就被钙化成结石的一部分，再也不可能成为美女来到人世了。”李永和很悲伤，这么一个美女本来是属于他的，可现在，嗨！李永和没办法，毕竟他的胆囊如果再不切除的话，就会保不住性命。这已经没有选择的余地。就这样，美女凄惨地看了李永和一眼，挥挥手，在李永和的眼前消失了。

李永和醒来后就没睡了，脑海里全是美女的音容笑貌，还有美女挥手离别时的凄婉情景。第二天一早，李永和问主刀医生：“我的手术延迟一天能行吗？”医生告诉他：“一般情况下是行的，问题是你的病情是不可预测的。”李永和断然地说：“我想延迟一天做手术。”李永和下决定后，医生只好做了一些必要的预防措施。李永和目的就是想让美女延长一天生命，晚上跟美女在梦里再相会。

李永和在梦里会到了许许多多的美女，却没有昨晚见过的那位。这些美女有穿衣服的，有赤身裸体的，在他的眼前尽情展示她们美丽的玉体。李永和大惑不解，正要发问，这些美女突然变了，有变成茅台的，有变成五粮液的，有变成野猪野鸡的，有位美女变成了一条美女蛇，靠近李永和……李永和吓得魂都没有了。

待李永和醒来的时候，医生告诉他，昨晚他突然心跳异常，脸色苍白，于是立即给他做了胆囊切除手术。李永和心里叹息一声：这美女，真可惜！

离婚约定

周游想跟老婆方梅离婚的时候，肖依依出现了。肖依依一出现，周游就不可能离婚了。如果周游跟方梅离婚，意味着周游有了第三者。如果因第三者而离婚，那是人人喊打的事。更何况周游跟方梅结婚时，曾经有一个约定：如果离婚，必须是在谁都没有第三者的情况下。

方梅问什么时候去办手续，周游回答，以后再说吧。方梅狠狠地瞪了他一眼："你想拖到什么时候？啊！一拖就是半年，你还要不要让我过新生活了？"

周游没法，只好如实相告："对不起，我认识了一个人。"方梅一听这话就明白了，方梅说："那好，你不跟她分手，就别进家门。"

周游只好去肖依依那里，肖依依欢天喜地地迎接他，周游却没半点笑容。肖依依问他："你怎么啦？"周游脱口而出："我想离婚！"肖依依当场欢呼："好啊，那真是太好了，我终于可以跟你结婚了。"周游却说："那是不可能的！"

肖依依感到很意外，满面狐疑。周游只好说了实情。肖依依听完后当即说："那还不简单，我跟你分手好了。"周游断然否定："那怎么行？"肖依依坚持说："这有什么不行的，我又不是真的跟你分手。"周游说："那更不行了，如果心里还有你，那意味着我还是有第三者。"肖依依狠狠地瞪了周游一眼，喝道："你这人怎么这么死板呢？你，你，你给我出去！"

周游很痛苦，真的很痛苦，他只好来到街上。忽然，听到前方"扑"的一个声音，不远处有一辆车撞倒了一个人。周游连忙奔过去，见地上躺着一位跟他穿戴得差不多的男人。男人已面目全非了，根本无法辨认。

就在周游想离开时，他的眼睛看到了散落在男子旁边的身份证，便捡起来看了一眼，这人竟然跟自己同年同月生的，长得还很像呢。周游的脑子转得飞快，连忙从自己的口袋掏出身份证，以最快的速度调换了一下，就快速地离开。

周游躲在宾馆里，想了整整三天，这样多好，周游发生车祸死了，就不用跟方梅离婚了，之后，可以跟肖依依名正言顺地结婚了。

三天后，周游去找肖依依。当肖依依开门见是他时，大声尖叫起来："你，你，你是鬼啊！鬼啊……"周游连忙捂住肖依依的嘴，把肖依依推进屋里关上门，详细地说了事情的经过，还脱去上衣，露出肩头上的一个疤痕。那是半年前肖依依跟他亲热时咬的纪念。

肖依依完全相信了，便扑进了周游的怀里，抱得紧紧的。忽然又推开了周游，问："哪你的财产怎么办？你不是说过，你家有二百万以上的财产，如果离婚，你能得一半。"周游有些无奈地说："这个只好归她了。"肖依依断然表示："那不行！你要不回一百万家产，就别想跟我好！"说着，就赶周游出门。

周游只好去找方梅，敲门进去时，方梅没有惊讶，说："我知道你会来的。"周游感到很意外："难道你知道我没死？"方梅说："当然，我检查了一下尸体，就什么都明白了。"周游兴奋起来了，说："这就好，你把家产分一半给我吧。"方梅说："法律上明文规定，妻子是丈夫财产的第一继承人。"周游急了："可我没死啊！"方梅冷冷地说："你已经在三天前火化了，如果不信，你可以去公墓看看你自己的领地。"

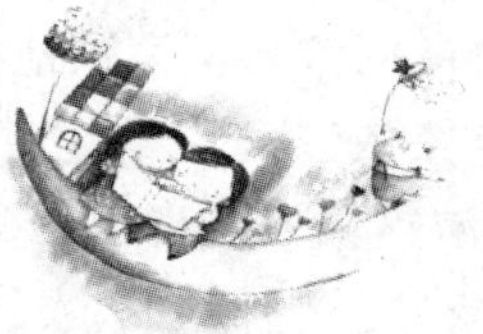

领导相亲

领导被任命为处长的那天晚上，忽然想到自己忙于工作竟然把婚姻大事给搁下了。领导经过通宵达旦反反复复的利弊权衡，准备花最少的时间把婚姻大事搞定，于是，他断然地做出决定：相亲！

这相亲的第一个女人是个博士，年龄29岁。女博士见了领导很满意，果然是一表人才、帅气十足，更要紧的当然还是处长的身份。领导见了女博士当然也很满意，这女博士果然有学问，又年轻美貌，是做妻子的最佳人选。领导让女博士先说。女博士就说了今后的打算。

女博士说："我呢，博士就要毕业了，如果有可能的话，请帮我弄到机关工作；如果机关单位进不了，高校科研单位也行，但希望能弄到100万的科研启动资金。当然，如果你同意，我明天就可以搬到你那去住。"

领导听了女博士的话后只是笑笑，没有任何答复。女博士问："你说话啊，到底行不行?"领导只好轻轻地反问一句："你说呢?"女博士一时不知道如何回答了，只好抬头望望天空，说："今天的天气真好啊!"领导随即应和道："是啊，是啊!"后来，领导没有再联系女博士，女博士也没联系领导。

这相亲的第二个女人是个美女，领导一见钟情。其实，领导心里也非常清楚他所钟情的是这美女的美貌，魔鬼般的身材，当然还有这美女甜美的微笑。领导的眼睛盯着美女情不自禁地感叹道："真美啊!"美女甜美地笑了笑，还调皮地反问："是吗?"领导连忙点头称是。领导心里在盘算了，这美女我是怎么也不能放过了。

这美女也喜欢领导，知道领导地位有多高，能管多少事，房产有多少，还知道领导钟情于她——这是最重要的。当然，美女总要说一些想法的，这些想法完全可以作为今后发展的方向，或者说是她跟领导之间的关系如何定位的问题。美女便问领导："我可不可以说说想法?"领导连声说："可以啊，可以啊！"这时候领导恨不得把自己的心掏给美女。

但是，领导跟美女相亲最终没有成功，或者说美女说完了她的想法以后，领导竟然打退堂鼓了。美女说："我对你只有一个要求，结婚时我要摆100桌酒。""为什么要摆这么多？""我要气气那些摆阔的姐妹们！""不摆酒行吗？""绝对不行！""可是……我是领导，不能这样子的啊！""这个我不管，如果要跟我结婚，就得按我说的去做！"

鱼和熊掌不能兼得，领导没办法，只好放弃美女。放弃美女后，领导很心痛，也很沮丧，有时也很想按美女说的去做就是了。但问题在于，如果真的按美女说的去做，那领导的处长岗位完全有可能被人替换。这是万万不可以的！

之后，领导有很长一段时间不再相亲。领导的心还在痛，领导的情还在煎熬。忽然有一天，领导收到一封信，字写得端端正正的。领导本想不看的，但现在写信的人越来越少，便有些好奇，拆开看了。看了后觉得非常有意思，竟然是一封来相亲的信。信里的她自我介绍说，她会烧饭做菜，会做家务，还会照顾人。她说她在电视里经常看到他，对他很喜欢，当听说他在相亲时，愿意做他的对象，也愿意嫁给他。信里最后说，如果想知道她更多的情况，就去见她。

这真的是一封很有意思也很有挑战意味的相亲信。领导果断决定：见她！

就这样，领导跟她见了，见了后才知道她是一位村姑，长得非常秀丽，高中毕业没考上大学，在山村帮父母亲做些家务。村姑见了领导好像没什么陌生，只是脸红了红。领导也不知怎的莫名其妙地问村姑："如果你跟我一起生活，你会给我做什么呢？"村姑想都没想，说："给你做饭洗衣啊！"领导又问："还有没有了？"村姑说："有啊，给你生个儿子，要长得跟你一模一样的。"领导听了这话后很开心，乐呵呵地笑了。

不久，领导娶村姑为妻，生活得很幸福。

那个无事可做的午后

那个无事可做的午后，我忽然心血来潮给张侃打了电话，让他过来一下。张侃跟我一起参加了单位里副主任竞聘，结果，他和我一样落选了。

张侃到了我这里，一屁股坐在沙发上，耷拉着脑袋，无精打采。

我有些严肃地说："张侃，刚才领导打电话到我这里来了，让你去一下他的办公室。"

张侃懒洋洋地问："干什么？"

我说："我怎么知道，刚才我去过了。"

张侃听我一说，连忙跳了起来，"你是说你去过了？"我回答："是的，去过了。"

张侃连忙拔腿就往楼上跑。

我见他"咚咚"地上楼，就哈哈笑个不停——我是骗骗他的！

自从昨天落选后，我心里非常压抑，很想骂人摔东西，可是，在单位又不能这样做，嗨，这"官"字呀，真是伤人心哪！

没过多长时间，张侃脸红红地进来，坐在沙发上，一声不吭。

我问他："张侃，怎么啦？领导批你了？"

张侃低着头没有回答。

我再问："张侃，你说话啊！"

张侃狠狠瞪了我一眼，喝道："都是你啊！"

我故作镇静地说："我怎么啦？"

张侃嘴巴动了动，然后却说："没什么。"说着，就起身回去了。

我觉得奇怪："这张侃，肯定遇到什么事了。"

第二天，竞聘结果公布，竟然是张侃。

张侃的眼睛也睁得大大的，感到非常意外。

我问张侃："你说吧，到底是怎么回事？"

张侃摊开双手，回答："我也不知道。"

我再问："你昨天上楼见到领导没有？"

张侃脸红红的，看着我没有回答。

我明白了，昨天张侃上楼见到领导了，可能是领导见过张侃后，改变了决定。我非常眼红，恨不得重新来过，对，我要让时间倒回去，重新来过。我不骗张侃了。

我说："张侃，晚上我请你去喝酒。"

张侃当即表示："好啊，我也正这样想呢。"

于是，我跟张侃东一句西一句的，说了很多的话。

直到快下班时，张侃说："我去关一下门，你在楼下等我。"

我说："好的。"我看着张侃离开我的办公室，进了他的办公室，我便去卫生间。

我从卫生间出来时，张侃正好从楼上下来，脸红红的，还低着头。我心里却"咯噔"一下，便和张侃去喝酒了。我喝得很少，张侃喝醉了。

第二天上班，竞聘副主任结果公布，竟然还是张侃！

现在完全可以断定，张侃能够让领导改变决定，就是因为张侃上楼见了领导。如果我不让张侃上楼呢？对，不让张侃上楼，再重新来过！

我对张侃说："我有点事，想请你帮一下。"

张侃说："好啊，尽管说来。"

我说："那好，我们走吧。"

我和张侃一前一后走下楼去，到了街上，我带着张侃来到我家，我让他在外面等一下，我先进了屋，特意把挂在墙上的画弄下来，然后喊张侃："你进来吧。"

张侃进来后，我就请他帮我把画重新挂起来，然后我说："我们去喝酒吧。"

我们到经常去的神龙酒馆，一直喝到夜里 11 点钟。我们是互相搀着走回家的。他家住在我家的前一幢。我送他到了家后才离开。我头脑非常清醒地想：这下子你没时间去单位上楼见领导了吧。

晚上，我睡得非常沉，早上还没有醒来，老婆却一把拧住我的耳朵，狠狠地数落起来："啊，前天喝了那么多的酒，睡了一天两夜，有你这样的人吗？啊，你看看张侃，都当上副主任了……"

李四超前

李四的父亲跟张三的父亲是朋友。张三家住东面，李四家住西面。张三父亲结婚时比李四父亲早一天，张三出生时比李四早一天，张三能非常清楚地叫父母时也比李四早一天。张三上幼儿园比李四先报上名，花名册上的名字排在李四前面。张三学习成绩比李四好，考大学也比李四多1分，虽然在同一所大学读书，但排名又在李四的前面。

一直以来，李四没觉得怎么样，谁在前，谁在后，谁成绩好些，谁成绩差点，都是很正常的。问题在于，李四和张三是同时分到一家单位的，做着同样的工作，忽然有一天张三要被提拔为副科长，李四这才感到问题的严重性。

“不行，绝对不行！我绝对不能落后张三的！”这是李四心里最真实的呐喊。当天晚上，李四请求父亲连夜向亲朋好友帮忙，务必也要得到同样的任命。果然，经过李四父亲亲朋好友的全力帮忙，李四也被单位任命为副科长，尽管比张三晚了一天，排名在张三的后面。这让李四多少有点委屈。为这，李四暗地里曾多次对张三愤愤不平：“你凭什么都在我的前面？啊，凭什么呀！”

果然有一天，李四走在张三的前面了。李四率先有了情人，在单位里闹得沸沸扬扬时，张三连情人的影子都没有。这让李四很开心、很快乐、很得意洋洋。不久，李四的老婆跟李四闹，李四不但不收敛，反而要跟老婆离婚。李四比张三率先离了婚，成了钻石王老五。张三还是没情人，更没离婚。

从那以后，李四的一切都排在张三的前面了，比张三早半年提科长，比张三早一年提副处长，李四任常务副处长时，张三还是排名最后的一位副处。接下来，李四又比张三早三年提正处，张三依然是排名最后的副处。张三的正处职位还是调到另外的处才得到的。

李四想想也安心了，跟张三就没必要再计较了，他们还是朋友，毕竟还在同一个单位里上班。而最让李四引以为荣的是，李四结了三次婚，张三还是一次。李四第三个老婆是一位年轻美貌的女子，是李四花了很大的代价从别的男人怀里抢来的。从此以后，李四搂着年轻美貌的娇妻，生活过得非常幸福快乐。

问题是后来出事了，出在这位年轻美貌的妻子身上。年轻的女人总喜欢比阔，比阔目的就是比钱嘛。李四这位娇妻一不小心把家底给透露出去了，结果纪委闻风而动，果真来暗查了，一查李四竟然有比他收入多了十多倍的存款。这下子好了，李四什么都没有了，人还进了监狱，年轻美貌的娇妻也离他而去。

李四躺在监区的牢房里，忽然有一天晚上，脑海里掠过一句话："哈哈，我又排在张三前面去了嘛。"是的，张三也来坐牢了，比李四晚了整整三年。

三年后，李四从监狱放出来时，回头望了望高墙，由衷地感叹道："张三，我比你先出来啊！"张三还要在里面待三年。

李四出来后不久，又遇到了两件喜事，一是他儿子比张三儿子先结婚，二是他儿子比张三儿子先生了儿子。李四面对刚从监狱出来的张三，就呵呵笑了，笑得很开心、很得意。

不久以后，张三病重住院，发出病危通知书，一连发了三天。李四也去探望了，看着身上插着好多管子的张三，他的眼睛湿润了，轻声地说："张三，你在那边等我啊，我们还做好邻居好同事好朋友！"张三似乎听到了李四的话，动了动手指，还睁开了一下眼睛。

李四回到家，心里越想越觉得纳闷儿：这张三，他怎么能比我先去见上帝呢？万一上帝先见了他，把什么好处都给了他……那我，那还有我的份吗？

李四想到这里，断然做了一个决定：比张三先去见上帝！

李四便去药店买来一瓶安眠药，回家后一口服下。李四躺在床上，闭上眼睛……忽然间，他见到了上帝，上帝好像不太高兴，说："李四啊，张三还要活二十年呢，你这么早来见我干吗？真是胡闹！"

李四大惊，连忙去拉上帝的胳膊肘儿，要求回去，结果拉了一个空，上帝已经腾空而起，很快飞到白云朵里去了。李四的眼睛渐渐地不听使唤，什么也看不到了……

名人榜

忽然有一天，张侃问我："你说我们搞个名人榜如何?"张侃想赚钱都快想疯了，大学毕业都一年了，还没有一份工作。

我一时反应不过来，张侃又说："我们先搞个市级名人榜，接着是省级的，然后是国家级，最后是全球级的。你说行不行?"

我终于听明白了，也终于理解了张侃的创意，便说："钱呢?钱哪里来?"这名人榜需要很多投入的，没有投入怎么可能会有产出呢?

张侃却满怀信心地说："让名人出啊!"

我说："这怎么可能呢?如果让名人出钱，这名人榜就体现不出公正了。"

张侃嘿嘿笑笑，拍拍我肩头，说："你呀就是太天真了，或者说是太不会想问题了。"

这点我承认，否则我也不会喜欢你这个一无所有、光要嘴皮子的张侃。我鼻孔里"哼"的一声，算是回答了。

张侃说："你想啊，这些名人为了争取上名人榜，肯定会来拉拢我的，当然，我们不能明着收钱，让他们投资总可以吧，至于这投资给不给回报，那是我们的权力了。你说是不?"当然是，难道还会不是吗?

张侃说干就干了，他首先把父母亲送给他准备跟我结婚用的房子抵押给银行，弄来一百万的现金。他把这笔钱全投到广告当中去了，铺天盖地的广告在市级媒体上发布或播放出来。张侃还做专访，还上街宣传，一时间把市民们的视觉神经都给充分调动起来了。

接下来，张侃又花大钱从北京请来顶级专家学者，在市级电视台现场就评比市级名人榜进行解读，解答观众现场提出的问题。电视台还邀请市里的一些名人来座谈对名人榜的看法，当然，所有这些都是张侃跟电视台达成的协议。

要知道，自从发布名人榜以来，电视台的收视率提高了，报纸的印刷量大大地增加了。名人们做广告的次数与幅度在几何式增加。

到了这个时候，公布名人榜的火候快要到了。

张侃对我说："我们可以通过暗渠道先后抛出几份名人榜的预测榜，看看名人们的反应如何，然后再最终公布名人榜。"

我真的非常佩服张侃现在所做的一切，完全有大将风范，能成就大事业。我说服爹妈他们准备给我的嫁妆提前给了张侃，让他作运转资金。要知道他的成功就是我的成功，我的成功就是我们最大的幸福。

到了最后的时刻，张侃却跟我摊牌了，他说："为了公平公正，我决定不收名人们一分钱，也不要他们任何投资！"

这下真的把我吓坏了，我急了，要知道我的嫁妆，我的房子，难道就这样打水漂了？

张侃说完这话，就没时间理我了，自顾忙他的名人榜去了。我被气得摔了茶杯。

公布名人榜那晚，电视台进行了现场直播。现场大厅座无虚席，市里所有的名人都与会了。名人们谁都不希望错过在全市人民面前露脸的机会。从北京请来的世界级评委，对候选名人进行了现场打分，最终公布名人榜座次。这一招是很能吸引眼球的，完全能调动人的情绪。市级名人就这样依次地公布了，电视台演播大厅热闹非凡。

我知道这程序，却没有进去，默默坐在电视台前的草坪上，我想到了跟张侃相爱以来的种种，想到了会变得一无所有的张侃那狼狈的样子，眼泪就悄悄地挂在眼角。我知道我爱张侃，我希望他成功，可是……

不知过了多长时间，有一只手搭在了我的肩头上，还有一只抓住了我的手。我知道这人是张侃。张侃陪我坐了一会儿，就对我说："车里有一包东西，是我送给你的。"

我没问是什么东西，猛然起身冲到车子前，一把将包从车里拖出来，狠狠地摔在地上，却见一沓沓钱从包里滚出来。我傻眼了，"这是怎么回事？"张侃嘿嘿笑笑，向我道了原委——

原来张侃是保证了名人榜不收一分钱的承诺，但是，电视台演播大厅里五百个座位却是要用钱来买的，座位靠前靠后的价格那可是不一样的。他狠狠地赚了一笔钱，仅此而已。